KB124335

어느 날
거위가

전예진 소설집
어느 날 거위가

펴낸날 2022년 9월 30일

지은이 전예진
펴낸이 이광호
주간 이근혜
편집 이주이 김필균 허단 방원경 윤소진 유하은
펴낸곳 ㈜문학과지성사
등록번호 제1993-000098호
주소 04034 서울 마포구 잔다리로7길 18 (서교동 377-20)
전화 02)338-7224
팩스 02)323-4180(편집) 02)338-7221(영업)
전자우편 moonji@moonji.com
홈페이지 www.moonji.com

ISBN 978-89-320-4053-0 03810

전예진 소설집
어느 날
거위가
문학과지성사

차례

팬티

강상미가 문을 열자 손목에 건 종이 가방이 흔들렸다. 초여름의 햇빛이 가게 바닥을 비췄고 창가 테이블과 의자의 그림자가 빛을 따라 늘어졌다. 그녀가 선글라스를 내려 쓰고 가게를 둘러봤다. 손님은 붙박이 소파에 앉은 학생 세 명뿐이었다. 남색 체육복과 하복 블라우스가 눈에 익었다. 학생들의 테이블에는 여느 때처럼 마카롱 세 개와 아메리카노 두 잔이 놓여 있었다. 강상미가 마카롱 여섯 개를 골라 주문했다.

"여행은 어떠셨어요?" 사장이 물었다. 강상미는 전날 들렀던 K시의 카페 거리에 대해 이야기했다.

"역시 대단하세요. 그 연세에 혼자 여행이라니." 사장이 카드와 영수증을 건네며 말했다.

"멋있어요, 할머니." 하복을 입은 학생이 덧붙였다. 강상미의 얼굴에 웃음기가 번졌다. 그녀가 학생을 돌아봤다.

"혹시 찰보리빵 먹을래요?"

"네?" 학생이 되물었다.

"기념으로 샀는데 너무 많아서요." 그녀가 종이 가방을 들어 보이며 급히 덧붙였다. 황색 가방에 찍힌 투박하고 큼지막한 글씨가 그녀의 움직임을 따라 조금씩 틀어졌다.

"어, 주세요!" 체육복을 입은 학생이 소리쳤다.

강상미가 종이 가방에서 찰보리빵을 꺼냈다. 체육복을 입은 학생은 빵 세 개를 받은 뒤 그녀에게 사진을 함께 찍어줄 수 있냐고 물었다. 그녀가 학생이 내민 휴대폰으로 사진을 찍고 화면을 들여다봤다. 백발의 단발머리에 레드 립, 노란색 민소매 니트와 살짝 보이는 청바지가 마음에 들었다. 웃어서 도드라진 입가 주름과 핏줄이 불거진 팔이 신경 쓰였지만 어쩔 수 없는 노릇이었다. 그녀가 학생에게 인스타그램 계정을 알려주고 태그를 부탁했다.

"이따 너네 아파트 들렀다 가자." 하복을 입은 학생이 말했다.

"그러다 학원 늦어." 다른 학생의 목소리가 들렸다.

"전시 보고 싶다고." 하복을 입은 학생이 칭얼댔다.

찰보리빵 상자를 다시 종이 가방에 넣던 강상미가 고개를 들었다.

“무슨 전시?” 그녀가 물었다.

“모르셨구나. 후문 단풍나무에 걸렸대요.” 사장이 포장한 마카롱을 계산대에 내려놓았다.

아파트 단지 후문에 있는 단풍나무는 두 그루가 다였다. 두 나무가 가슴 높이에서 붙은 연리지로, 키가 아파트 2층만 했고 두께는 그녀의 허리보다 조금 더 굵었다. 나무는 그녀가 한산동으로 이사 온 가장 큰 이유였다. 무성한 가지와 맞붙은 줄기에 햇빛이 비칠 때면 특별할 것 없는 오래된 아파트도 낭만적이고 신비로운 공간이 되었다.

전시라니. 강상미가 마카롱을 종이 가방에 넣고 가게를 빠져나왔다. 잡다한 그림엽서와 꼬마전구가 눈앞을 스쳤다. 상가 건물 두 채를 지난 뒤에는 멈춰 서서 숨을 골라야 했다. 그렇게 끔찍한 풍경이 아닐 수도 있었다. 나무의 고매한 자태를 살리면서 나름대로 의미도 있는, 괜찮은 작품일지 몰랐다.

아파트 담벼락 너머로 웅성대는 소리가 들렸다. 여러 사람의 발소리, 사진을 찍는 소리, 이것 봐, 외치는 소리가 들렸다. 그녀의 발걸음이 빨라졌다. 후문으로 들어서자 그녀가 사는 1003동의 살구색 벽이 나타났고 단풍나무와 둥근 화단을 둘러싼 사람들이 보였다. 나무에는 알록달록한 천이 걸려 있었다. 강상미는 바람을 타고 흔들리는 그것들에서 눈을 떼지 않은 채 나무로 다가갔다.

그녀가 나무를 올려다봤다.

확실했다.

그녀가 눈을 느리게 감았다 떴다.

팬티가 분명했다.

옆 사람이 팬티가 걸린 나무를 배경으로 사진을 찍었다. 다가가 팬티만 찍는 사람도 있었다.

대학생으로 보이는 남자가 그의 할아버지인 듯한 노인을 데리고 나무 앞에 섰다. 대학생이 강상미를 보더니 "할머니," 하고 불렀다. "사진 좀 찍어주세요. 여기 동그라미 누르시면 돼요."

강상미는 얼떨결에 건네받은 휴대폰을 바닥에 던지고 싶었다. 뒤떨어진 노인으로 취급받는 일은 딱 질색이었다. 남의 집 앞에서 뭐 하는 거예요? 하고 소리치고도 싶었다.

"무슨 사진까지……" 대학생의 할아버지가 투덜거렸다.

"이게 유행이라니까? 꼬레아 몰라? 「축제의 날」!" 대학생이 말했다.

마카롱 집에서 본 학생들이 몰려왔다. 이게 도대체 무슨 전시니. 강상미는 그들에게 묻고 싶었다. 대신에 그녀는 대학생과 할아버지, 학생이 내미는 휴대폰을 들고 그들을 찍었다. 학생들이 인스타그램을 봤다며 그녀를 치켜세웠다. 그녀가 학생들의 눈을 의식해 팬티 몇 개를 들여다보는 척했다. 팬티에는 저마다 손 글씨가 적힌 손바닥만 한 라벨이 붙어 있었다. 그녀가 무심코 팬티 쪽으로 손을 뻗었다가 움츠렸다. 회색 팬티의 해진 가장자리에 구멍이 뚫려 있었다. 보풀이 올라온 면 팬티도 보였다. 강상미가 선글라스를 밀어 올리고 입을 다물었다. 나무에서 몸을 돌렸고 화단을 따라 단지 안으로 걸어 들어갔다. 도망가는 것처럼 보이지 않도록 걸음을 늦춰야 했다. "저 할머니가 너보다 옷 잘 입어." 학생들의 웃음소리가 들렸다.

1003동 출입문을 열고 게시판과 거울을 지나 1층 복도로 들어가자 크고 작은 택배 상자가 보였다. 103호에 배달된 택배였다. 강상미가 103호 문에 귀를 대고 숨을 죽였다. 이사 온 지 반년이 지났지만, 옆집 여자를 본 적은 손에 꼽혔다. 아마도 미혼에 혼자 사는 30대인 것 같다고 강상미는 생각했지만, 그것도 추측일 뿐이었다.

도어록 소리가 들렸다. 강상미가 서둘러 맞은편 자기 집 앞으로 걸어갔다. 도어록 덮개를 밀어 올렸을 때 103호의 문이 열렸다. 택배 상자가 바닥에 끌리는 소리가 들리더니 문이 닫히고 몇 발짝 걷는 소리가 났다. 그녀가 103호를 돌아보았다. 옆집 여자는 사라지고 없었다. 어디선가 꽁치나 참치를 넣고 끓인 찌개 냄새가 났다. 그녀는 갑작스러운 허기를 느끼며 집으로 들어갔다. 마카롱을 생각하자 기분이 좋아졌다.

거실, 부엌, 안방의 모든 창문을 열고 집 안을 환기했다. 나른한 바람이 집 안에 갇혀 있던 열기를 내보내고 해 질 녘 공기를 들여왔다. 강상미가 소파에 앉아 황색 종이 가방을 손에 들었다.

밖이 소란스러웠다. 그녀는 오밀조밀한 잎사귀와 자잘하게 뻗어 나온 가지를 떠올렸다. 그 위로 가지각색의 팬티가 너울댔다. 그녀가 종이 가방을 놓고 휴대폰 화면을 켰다.

「축제의 날」은 그녀에게도 익숙했다. 길거리와 TV에서 수없이 들은 노래였다. 그러나 몇 번을 다시 들어도 그 노래가 팬티와 어떤 관련이 있는지 알 수 없었다. 검색 결과를 스크롤하다 "「축제의 날」…… 팬티 전시?"라는 제목의 뉴스 영상을 클릭했다.

아나운서와 기자 한 명이 노랫말이 적힌 스크린을 사이에 두고 어떻게 밴드 꼬레아가 또 다른 싸이, BTS가 되었는지 이야기했다.

— 가사도 그렇고 밴드 이름도 그렇고 코리아나의 「손에 손잡고」가 생각나는데요.

강상미가 고개를 끄덕였다. 1988년에 그녀는 모 광고 회사의 부장으로 일했다. 그녀 자신은 몰아치는 일로 바빴지만, 동생 가족에게는 회사에서 나온 표로 체조와 육상 경기를 보여줬다. 고등학생과 중학생이었던 조카들이 잠실 올림픽주경기장 앞에서 찍은 사진이 아직도 그녀의 사진첩에 끼워져 있었다.

— 네, 25일 현재 유튜브 조회 수 3억 8천4백여 회를 기록한 「축제의 날」을 보면 가사 중에 '손톱에 손톱 잡고'라는 구절이 있습니다.

—「손에 손잡고」에서 따온 건가요? 손톱을 어떻게 잡죠?

— 손톱은 잡을 수 없죠. 함께 살아가는 세상이라는 걸 인정하면서도 무조건적 협력보다는 서로의 자유를 존중하자는 겁니다.

그녀가 휴대폰을 든 손을 조금 더 멀리 뻗었다. 흐릿한 시야가 조금 더 선명해졌다. 화면이 바뀌며 「축제의 날」 뮤직비디오가 나왔다. 성별과 나이가 제각각인 사람들이 요란한 바캉스 차림으로 축제를 벌였다. 배경으로 펼쳐진 해변의 야자수에는 가지마다 대여섯 개의 팬티가 걸려 있었다.

— 바로 이 장면입니다.

기자의 목소리에 다른 누군가의 소리가 섞여 들렸다. 뚜렷하진 않았지만 크고 높았다. 강상미가 소리를 좇아 베란다로 나갔다. 소리는 후문에서 들려왔다.

—……서울만 해도 벌써 수십 그루에 전시가 열렸습니다.

기자가 말을 이었다. 강상미가 샌들을 구겨 신고 밖으로 나갔다.

"팬티가 되게 신성하다고 생각하시나 봐요." 누군가의 목소리가 들렸다.

"이게 외설적인 게 아니고요." 다른 누군가 말했다. "가장 안에 입는 옷이잖아요. 마음속 깊은 감정을 표현하는 거예요."

1003동에서 나와 왼쪽으로 돌자 단풍나무 주위를 에워싼 사람들이 보였다. 그들과 한 걸음 떨어진 곳에 키가 큰 젊은 여자가 그들을 마주하고 서 있었다. 장지갑을 든 여자는 얼굴이 작았고 숏컷을 해서 구부정한 어깨가 그대로 드러났다. 강상미는 어딘가 익숙한 여자의 얼굴을 살피며 그녀가 누구인지 떠올리려 애썼다.

여자가 한숨을 내쉬었다. "주민이세요?"

사람들이 대답하지 못하고 쭈뼛거렸다. 그때 강상미에게 사진을 부탁했던 대학생의 할아버지가 손자의 부축을 받으며 여자에게 다가갔다. 모두가 말을 멈추고 그를 바라봤다.

"내가 여기서 10년을 살았는데," 그가 헛기침을 했다. "다 동의한 걸 이제와서 웬 소란인가."

노인이 뭐라 말을 계속했지만, 잘 들리지 않았다. 여자가 낮은 소리로 혼잣말을 중얼거리더니 강상미를 지나 단지 안으로 걸어갔다. 여기저기서 수군거리는 소리가 들렸다. 강상미가 여자를 쫓았다.

야외 주차장과 광장 어디에도 여자는 보이지 않았다. 복도에 울려 퍼지는 발소리가 들렸다. 강상미가 소리를 쫓아 1003동으로 들어갔다. 여자는 게시판을 보고 서 있었다. 그제야 강상미는 노인의 말을 이해했다. 주민 투표. 그녀가 집을 비웠던 2주 동안 단풍나무에 팬티를 거는 문제에 대한 주민 투표가 있었고 주민들은 팬티를 걸자는 의견에 손을 들었다. 여자가 1층 복도를 지나 103호로 들어갔다. 게시판에 붙은 공지문을 읽던 강상미도 그녀를 쫓아 복도에 들어섰다. 103호 앞에 섰지만, 선뜻 문을 두드릴 수 없었다. 그녀가 마카롱이 든 종이 가방을 챙겨 다시 103호 앞에 섰다. 벨을 누르자 문 앞에 두고 가세요, 하는 말이 들렸다. 강상미가 다시 문을 두드렸다. 문이 열리고 잔뜩 찌푸린 여자의 얼굴이 나타났다.

"마카롱 좋아해요?" 강상미가 물었다.

커진 여자의 눈이 조금씩 작아졌다.

"단 거 싫어하는데요."

강상미가 입을 옹송그리며 이마를 문질렀다.

"찰보리빵이에요?" 여자가 종이 가방을 가리켰다.

시선을 돌리던 강상미가 여자를 마주 봤다. 여자의 퀭한 얼굴에 미소가 번졌다.

강상미는 옷과 휴지, 플라스틱 물병 사이 빈 곳을 찾아 발을 디뎠다. 신발을 신고서도 들어가고 싶지 않은 곳이었지만, 옆집 여자를 자기 집으로 데려가는 것보다는 나았다. 여자가 식탁에 너저분하게 놓인 물건을 한쪽으로 밀자 강상미가 찰보리빵과 마카롱을 꺼내놓았다.

옆집 여자는 몇 번이나 말을 삼켰다.

"괜찮으니까 얘기해봐." 강상미가 찰보리빵 하나를 까서 그녀의 손에 쥐여 주었다.

"티 팬티가 스트리퍼만 입던 옷인 거 아세요?" 옆집 여자가 말했다. 그녀는 다른 팬티면 몰라도 티 팬티나 망사 팬티는 나무에서 내려야 한다고 이야기했다. 자신을 표현하는 행위라면서 왜 하필 여성을 쾌락의 수단으로 규정하는 팬티를 전시하는지 이해가 가지 않는다고 했다.

강상미는 티 팬티에 대해 아는 것이 별로 없었다. 어떤 모양인지는 대충 알았지만, 정확히 어떤 팬티를 티 팬티라고 하는지도 알지 못했다. 그녀는 나무에 걸려 있는 모든 팬티에 반대했다. 그녀 생각에 이미 사용한 팬티를 걸고 감상하는 행위는 노출증과 관음증의 변형된 형태일 뿐이며 그것을 자기표현이라 칭하는 것은 다른 사람을 기만하는 행동이었다. 그녀가 열을 올리며 자기 의견을 말했다.

이유는 달랐지만, 두 사람 모두 팬티를 없애고 싶어 했다. 그들은 찰보리빵과 마카롱을 먹으며 그 방법을 의논했다. 옆집 여자가 반대 서명을 모으자고 제안했다.

"입주민의 십 분의 일이니까 열두 세대만 동의하면 돼요."

강상미가 대답을 미루며 마카롱을 베어 물었다.

"주민 투표도 안 한 사람들이 반대 서명을 할까?" 그녀가 물었다. 혹여나 서명을 받더라도 그녀 자신은 빠져야 했다. 팬티가 뭐 어떠냐며 소리치던 사람들이 떠올랐다. 나이 든 할머니가 팬티를 신성시한다는 소문은 빠르게 퍼질 게 분명했다.

"왜 안 해요." 옆집 여자가 발끈하고 나섰다. "뭐가 잘못된 건지 홍보하면 돼요."

"홍보?" 강상미가 고개를 저었다. "안 돼."

옆집 여자가 눈을 치뜨고 그녀를 쳐다보았다. "왜요?"

"그런 거 하려면 혼자 해."

옆집 여자의 휴대폰이 울렸다. 그녀가 거실로 나가 책상에 놓인 노트북을 확인했다. 강상미가 일어나 그녀를 따라갔다.

"그냥 떼버리자." 강상미가 말했다.

"네?" 옆집 여자가 그녀를 반히 바라봤다. "그건 좀 그렇죠."

"새벽에, 아무도 없을 때 하면 돼." 강상미가 책상 모서리에 손을 얹었다. "그까짓 거."

옆집 여자가 책상에 앉더니 그만 나가달라고 부탁했다. 그녀에게는 할 일이 많았다.

"다시 올게." 강상미의 말에 옆집 여자가 노트북 화면을 보며 고개를 끄덕였다. 강상미는 마카롱만 챙겨 103호를 나왔다.

다음 날인 수요일부터 강상미는 자주 103호를 찾아가 일을 의논했다. 새벽 산책에서 돌아오는 길에 빵과 샌드위치를 사 들고 옆집 여자를 찾아갔고 점심에는 배달 음식을 주문해 함께 먹었다. 옆집 여자는 강상미가 초인종을 누르고 현관문을 두드린 뒤에야 문을 열었다. 강상미는 그녀를 볼 때마다 눈을 조금씩 움찔거렸다. 여자의 얼굴은 초췌하고 입에서는 커피에 찌든 악취가 났다.

수요일 점심에 강상미는 옆집 여자가 프리랜서 웹 퍼블리셔라는 사실을 알게 되었다. 강상미가 더듬거리며 그게 무엇인지 묻자 옆집 여자가 생소한 용어를 늘어놓았다. 그녀는 강상미의 표정을 살피더니 쉽게 말해 인터넷 사이트가 잘 나오도록 하는 일이라고 설명했다. 강상미는 알 수 없는 영어와 기호가 나열된 옆집 여자의 노트북 화면을 들여다보며 고개를 주억였다. 옆집 여자는 작업을 일단락했을 때만 집을 정리했다. 일거리가 늘 있지 않아서 일이 있으면 며칠 밤을 새워서라도 최대한 많이 해둔다고 했다. 자기 일을 설명하는 옆집 여자의 얼굴에 활기가 돌았다. 강상미가 참을성 있게 그녀의 이야기를 들었다.

"일단 듣기만 해봐." 옆집 여자가 음식을 입에 넣자 강상미가 서둘러 말을 꺼냈다. 거사를 위해 의논해야 할 것이 한두 개가 아니었다.

언제 팬티를 뗄 것인가. 강상미가 점심을 먹기 전, 경비실에 들른 일을 보고했다. 그녀는 경비원에게 택배를 찾으러 왔다고 말한 뒤, 그가 택배 기록을 보는 동안 경비실 왼쪽 벽에 붙은 업무 일정표를 확인했다. 표에 따르면 경비원의 야간 휴식 시간은 새벽 2시에서 4시 사이였다. 강상미는 팬티를 떼다가 무슨 일이 일어날지 모르니 새벽 2시에 작업을 시작해야 한다고 말했다.

"진짜 하시게요?" 옆집 여자가 입에 음식을 가득 문 채로 물었다.

강상미는 단호하게 위아래로 고갯짓을 했고 다음 주제를 꺼냈다. 어떻게 뗄 것인가. 그녀가 가장 먼저 떠올린 도구는 옷걸이였다.

옆집 여자가 강상미를 위해 철사 옷걸이를 길게 펴주었

다. 옷걸이는 손잡이가 길고 앙상한 갈고리처럼 보였다. 강상미가 바닥에 떨어진 수건 앞에 섰다. 길게 편 옷걸이는 좌우로 곡선을 그리며 휘청여서 수건을 걸기 어려웠다. 몇 번의 시도 끝에 수건이 걸렸지만, 옷걸이가 휘어서 앞부분을 잡아야 겨우 들어 올릴 수 있었다.

"차라리 집게를 사시죠." 옆집 여자가 심드렁하게 말했다.

강상미는 그 자리에서 120센티미터짜리 만능 집게를 주문했고 배송된 집게를 목요일 저녁 103호로 가져갔다. 손잡이를 움켜쥐면 반대쪽 끝에 달린 집게가 물건을 집는 도구였다. 옆집 여자는 집게로 수건을 집고 건조대에 널은 팬티를 들어 올렸으며 창문을 열어 나뭇잎을 잡아당기기도 했다.

"나쁘지 않은데요?" 옆집 여자가 말했다.

옆집 여자가 몇 달 동안 매달렸던 프로젝트의 끝이 보였다. 여자의 말로는 그랬다. 그들은 금요일 저녁까지 3일 내내 함께 식사했다.

토요일 새벽, 옆집 여자가 강상미를 찾았다. 군것질거리를 사러 밖에 나갔다가 후문을 지나오는 길이라고 했다.

"후문에 CCTV가 있어요." 그녀가 말했다.

강상미가 숨을 천천히 내쉬었다. 그녀가 펜과 종이를 가져와 옆집 여자에게 CCTV 위치를 그려달라고 부탁했다. 옆집 여자가 단풍나무와 후문 길을 그린 뒤 길이 꺾어지는 부분에 별 표시를 했다. 나무와 후문이 내려다보이는 자리였다. 강상미가 나무 옆에 1003동을 그리고 입구에 별 표시를 했다. 입구와 1층 복도에는 센서 등이 달려 있었다. 팬티 더미를 들고 집으로 들어가는 그들의 모습이 CCTV에 고스란히 남을 게 분명했다.

옆집 여자가 베란다로 걸어가더니 창문을 열고 밖을 내다보았다.

"여기로 나가면 되겠네요." 여자가 말했다.

강상미가 베란다 난간과 집 앞 화단을 내려다보았다. 난간 맨 위에서 화단까지의 높이가 그녀의 키만 했다. 그녀가 옆집 여자를 돌아봤다.

"같이 할 거야?" 강상미가 물었다.

옆집 여자가 강상미 너머로 손을 뻗어 창문을 닫더니 그녀를 마주 봤다.

"티 팬티랑 망사 팬티만요. 나머지는 할머니가 알아서 하세요."

"망만 봐." 강상미가 자신만만하게 말했다.

옆집 여자의 베란다는 난간 위로 방범 창이 달려 넘나들 수 없었다. 그들은 강상미의 베란다로 나가 다시 그녀의 집으로 돌아오기로 했다. 외벽에 달린 CCTV는 피할 길이 없었다. 그들은 얼굴을 최대한 가리기 위해 검은색 후드 티, 모자와 마스크를 두 벌씩 주문했고 옆집 여자의 프로젝트가 끝나는 화요일 새벽, 거사를 감행하기로 했다.

팬티 이야기는 연일 방송과 인스타그램 추천 게시물에 오르내렸다. 강상미는 화요일을 기다리는 내내 불안과 의심을 떨쳐내려 애썼다. 월요일 오전, 한숨도 자지 못한 강상미가 옆집 여자를 찾아갔다.

"티 팬티가 의외로 실용적이라는 거 아니?" 강상미가 신발을 벗으며 말했다. "팬티 라인도 안 비치고 통풍도 잘 된대."

옆집 여자가 실눈을 뜨고 머리를 긁었다. "왜 그러세요."

"내가 늙어서 잘못 생각하나 싶어." 강상미가 거실 한쪽에 놓인 1인용 소파로 걸어가 쌓인 옷을 밀고 주저앉았다. "사실은 누구나 원하는 걸 전시할 권리가 있는 게 아닐까? 새로운 시대가 왔는데 나만 못 따라가고 있나?"

옆집 여자가 부엌으로 갔다. 그릇이 부딪치는 소리와 비닐이 부스럭거리는 소리가 들렸고 곧 커피 향이 거실에 퍼졌다.

"「축제의 날」 좋잖아. 함께사는 사회라는 걸 인정하되, 다른 삶을 재단하면 안 되지." 강상미가 목소리를 높였다. "팬티가 보기 싫을 뿐이지 그게 생명을 위협하거나 큰 피해를 주는 게 아니거든."

강상미가 고개를 들어 거실로 나온 옆집 여자를 바라봤다.

"이게 정말 각자의 취향이라고 생각하세요?" 옆집 여자가 밥그릇에 담긴 커피를 홀짝였다. "유튜브 3억 뷰를 찍지 않았어도, 또 다른 BTS네 뭐네 화제에 오르지 않았어도 이랬을까요? 다들 그럴듯한 말에 속는 거예요. 그게 진짜 무슨 의미인지도 모르면서."

옆집 여자가 커피에 입김을 불었다.

"그래도 반대로 생각하면……" 강상미가 중얼댔다.

"저기 걸린 티 팬티를 생각하세요." 옆집 여자가 현관을 지나 강상미 집 너머에 있을 단풍나무를 가리켰다. "저기 팬티가 걸렸다고요."

강상미가 옆집 여자에게서 시선을 돌려 베란다를 바라보았다. 커튼 사이로 보이는 유리문에 그녀가 비쳤다. 강상미는 어둡고 흐린 공간에 파묻힌 자그마한 노인을 마주했다.

"그래." 그녀가 숨을 깊이 들이쉬었다.

옆집 여자가 그녀를 일으켜 세웠다.

"이제 나가세요."

옆집 여자는 프로젝트의 마지막을 앞두고 있었다.

"팬티 넣을 거 가져와." 강상미가 낮은 소리로 당부하자 옆집 여자가 알았다는 손짓을 했다.

그들은 모든 준비를 끝내고 화요일 새벽이 오기를 기다렸다.

*

후문으로 가는 길에는 사람 한 명 보이지 않았다. 옆집 여자의 손에 들린 황색 종이 가방이 강상미의 다리에 부딪혀 부스럭거렸다.

"왜 하필 쇼핑백을 가져왔어." 강상미가 종이 가방을 흘기며 소곤댔다. 옆집 여자가 대답 없이 후드를 쓴 머리를 긁적였다. 강상미도 마스크를 움직여 인중을 긁었다. 얼굴이며 목이며 온몸에 땀이 배어나 간지러웠다.

강상미가 나무에 걸린 팬티를 올려다보았다. 크기도 모양도 제각각인 팬티가 많이도 붙어 있었다. 그녀가 나무 꼭대기에 걸린 삼각팬티를 향해 집게를 뻗어 올렸다. 팔 근육이 땅겼고 집게를 든 손이 요동쳤다.

"빨리 떼요." 옆집 여자가 작게 말했다.

집게가 삼각팬티 앞뒤에 놓였을 때, 강상미가 손잡이를 쥐어 팬티를 집었다.

"잠깐만." 강상미가 대답했다. 집게를 움직여도 가지만 흔들릴 뿐 팬티는 떨어지지 않았다.

"제가 해볼게요." 옆집 여자가 손을 뻗었다. 강상미가 여자의 손을 팔꿈치로 밀어내고 집게를 다시 잡아당겼다. 집게에 눌린 잎과 가지가 부러질 듯한 소리를 냈다.

“뭐 해요!” 여자가 낮은 소리로 윽박질렀다.

“가지를 잡았나 봐.” 강상미가 손잡이에서 힘을 빼며 중얼거렸다. 옆집 여자가 그녀의 손에서 집게를 채가더니 종이 가방을 건넸다. 강상미가 종이 가방을 받아들고 주변을 살폈다. “여기 좀 비춰봐요.” 여자의 목소리가 들렸다.

강상미가 후문으로 고개를 돌렸다. 담 저쪽에서 발소리와 웃음소리가 났다. 멀지 않은 거리였다. 그녀가 옆집 여자의 팔을 잡고 나무 뒤로 끌어당겼다. 여자가 황급히 집게를 품에 안았다. 그들이 나뭇가지를 헤치고 나무와 벽 사이로 들어갔다.

발소리가 가까워지고 대화 소리도 점점 또렷해졌다.

“밤새워야 돼. 망했어.”

“너 시험 보다 존다.”

“홍삼 마실 건데.”

옆집 여자의 옆얼굴 너머로 후문으로 들어오는 학생 두 명이 보였다. 그들 중 한 명이 낄낄거리며 허리를 굽혔고 옆 사람 팔을 가볍게 쳤다.

옆집 여자가 몸을 움직였다. 집게가 벽에 부딪쳐 쨍하는 소리가 났다.

“야, 잠깐만.”

학생들의 발소리가 멎었다. 강상미가 고개를 숙인 채 숨을 죽였다. 마스크에 닿은 코와 입이 축축했다. 학생 한 명이 조금씩 걸음을 옮기는 소리가 들렸다. 이어 다른 학생의 발소리도 들려왔다. 강상미는 학생들이 그대로 지나치길 바랐다.

휴대폰 셔터음이 울렸다. 고개를 들자 나무에서 두 걸음 떨어진 곳에 멈춰 선 학생들이 보였다. 그들이 휴대폰을 들여다보며 무어라 속삭였다. 옆집 여자가 강상미를 바라보았다. 미간을 구긴 옆집 여자의 얼굴이 험악했다.

"달 너무 예쁘지 않냐? 반쪽만 나온 거 봐." 학생 하나가 말했다.

"시험 기간이라 다 좋아 보이는 거 아냐?" 다른 학생이 비웃었다.

학생들이 단풍나무를 지나 걸어갔다. 단지로 들어가는 발소리가 한참 동안 이어졌다. 강상미가 조금씩 숨을 내쉬었다. 멀리서 아파트 동 출입문이 열렸다 닫히는 소리가 들렸다. 그들이 가지를 비집고 밖으로 나왔다.

두 사람은 1003동 앞까지 빠르게 걸었고 난간을 넘어 들어가 불 꺼진 베란다에 앉았다. 온몸이 후들거렸다. 강상미가 떨리는 손을 맞잡았다. 멀리서 차 소리가 들려왔다. 그들은 몇 분을 더 기다리다 창문을 닫았다.

화이트오크 마루와 아이보리 소파를 비롯해 강상미의 거실은 말끔했다. 강상미가 허리를 문질렀다. 난간을 오르다 허리를 삐끗한 것 같았다. 옆집 여자가 신발을 신은 채 거실로 나가더니 소파에 집게를 내던졌다.

"나이 먹고 뭘 그렇게 애를 쓰세요?" 여자가 말했다. "하지도 못할 거면서."

강상미가 신발을 벗고 거실로 들어갔다.

"나이대로 사세요, 제발."

강상미는 떨리는 숨을 내쉴 뿐 아무 말도 하지 않았다. 여자가 집을 나갔다. 강상미가 닫힌 현관문에서 베란다까지 거실을 둘러보았다. 거실 바닥에 희미한 신발 자국이 남아 있었다. 베란다를 오르는 일은 생각보다 쉬웠다. 그녀가 집게를 베란다 한쪽으로 치우고 방으로 들어갔다.

눈을 감아도 천장이 보였고 몸이 공중에 떠 있는 듯 느껴졌다. 현관문 소리가 들리는 것도 같았다. 강상미는 2시간 만에 선잠에서 깨어났다. 그녀가 가까스로 몸을 일으켜 평소보다 이른 산책을 나섰다.

집으로 돌아온 강상미는 땀으로 범벅된 트레이닝복을 세탁기에 돌리고 흙이 묻은 운동화를 손빨래했다. 거실에 찍힌 발자국이 햇빛을 받아 선명하게 빛났다. 새로 생긴 것처럼 색이 짙었다. 거실 바닥을 닦던 그녀가 창문을 떠올리고 베란다로 나갔다. 창문과 창틀의 사이가 조금 벌어져 있었고 물기가 남은 집게가 바닥에 놓여 있었다. 그녀가 창문을 닫아걸었다.

기진맥진한 그녀는 다시 침대에 누웠고 이번에는 깊은 잠에 빠져들었다.

정신이 들자 강상미는 휴대폰부터 집어 들고 메시지를 확인했다. 세 통의 광고 카톡과 두 통의 광고 문자, 동생의 문자 하나가 와 있었다. 신종 사기에 관한 안내문을 붙여넣은 내용으로 동생이 덧붙인 메시지는 없었다. 인스타그램에 댓글 8개, 좋아요 802개, 팔로워 26명이 새로 생겼다는 알림이 떴다. 마카롱 집에서 만난 학생이 그녀를 팔로우했다. 그녀는 댓글에 일일이 답글을 달고 새 팔로워 중 일부를 맞팔했다.

추천 게시물을 확인하는데 클로즈업된 팬티 사진이 보였다. 제주도의 한 카페에서 열린 전시였다. 정사각형 라벨이 붙은 팬티들이 야자수에 걸려 있었다. 캘빈클라인 로고가 박힌 빨간색 드로어즈에는 딸이 첫 월급으로 선물한 팬티라는 설명이 붙었고 고양이 캐릭터가 그려진 작은 팬티에는 초등학교에 들어가는 아들의 첫 팬티였다는 글이 쓰여 있었다.

게시물은 11,293개의 좋아요를 받았다. 강상미가 팔로우한 인플루언서 중 세 명이 좋아요를 눌렀다. 댓글 창을 열자 지지와 긍정의 메시지가 쏟아졌다. 그녀는 게시글에 달린 모든 댓글을 확인했다. 불쾌해하는 사람은 거의 없었다. 멋진 전시네요. 그녀가 좋아요를 누르고 댓글을 남겼다.

나이대로 사세요, 제발.

옆집 여자의 말이 머리를 스쳤다. 강상미는 눈에 띄는 사진을 클릭하고 댓글을 보고 또 다른 게시물을 확인하고 댓글을 읽었다. 그렇게 반나절이 지났다. 휴대폰에서 눈을 떼니 주변이 어두웠다. 그녀가 팔을 내리고 눈을 감았다. 종일 한 끼도 먹지 않았지만, 먹고 싶다는 생각이 들지 않았다.

현관 벨 소리가 들렸다. 침대에서 일어나자 눈앞이 흐릿했고 몸이 뒤로 기울었다. 벨 소리는 현관에 다다르기 전 멈췄다. 문을 열자 무언가가 바닥으로 떨어졌다. 강상미가 비닐 봉지에 담긴 한 뼘 길이의 회색 상자를 주워 들었다. 상자에 찍힌 로고가 낯익었다. 문 앞에는 아무도 없었다. 어느 집에서인가 개 짖는 소리가 들려왔다. 발소리가 들리는 것도 같았다. 그녀가 입구에 달린 CCTV를 바라봤다. 휴대폰 알림이 울렸다.

강상미가 손가락으로 사진을 확대하자 사진이 커졌다가 금세 원래대로 돌아갔다. 사진 두 장을 잘라 붙인 게시물에 강상미의 얼굴은 나오지 않았다. 그저 황색 종이 가방이 마카롱 가게에, 그리고 단풍나무 뒤에 있는 사진일 뿐이었다. 투박한 글씨로 적힌 찰보리빵이 첫 사진에서는 그대로 드러났고 두번째 사진에서는 찰보, 두 글자만 보였다.

게시자는 세 가지 사실을 알렸다. 아파트 단풍나무에 걸린 팬티가 모두 사라졌다. 두번째 사진은 팬티가 사라진 날 새벽에 찍혔다. 첫번째 사진은 그로부터 일주일 전 찍힌 사진이었다. 게시자는 팔로워들에게 물었다. 두 사진에서 황색 종이 가방을 든 사람은 같은 사람일까? 그렇다면 저 사람이 팬티를 가져간 걸까?

강상미의 손이 떨려왔다. 그녀가 댓글을 읽어 내려갔다. 두번째 사진은 게시자가 달을 찍은 사진의 일부였다. 보정하려 밝기를 높였다가 나무 뒤에서 황색의 무언가를 발견했다고 했다. 알지 못하는 누군가 댓글에서 그녀를 언급했다. 체육복을 입은 학생과 함께 찍은 사진에도 댓글이 달렸다. 또 다른 누군가가 강상미를 언급하며 그녀가 제주도 카페에서 열리는 팬티 전시에 좋아요를 눌렀다는 소식을 전했다. 종이 가방을 찍은 게시물은 점점 더 많은 좋아요를 받았다. 그녀가 게시자의 계정을 눌러 다른 게시물을 확인했다. 대부분이 음식 사진이었고 드물게 마카롱 사진도 보였다. 스크롤을 내리던 그녀가 마카롱 세 개와 아메리카노를 찍은 사진에서 멈췄다. 그녀가 상자를 움켜쥐고 밖으로 걸어나갔다.

후문 단풍나무는 여행을 가기 전 그랬듯 정갈한 모습으로

서 있었다. 어스름한 저녁 빛에도 잎사귀와 가지가 또렷했다. 그녀가 서둘러 후문을 나섰다.

"괜찮으세요?" 사장의 첫 마디였다. 사장의 눈이 동그랬다.

강상미가 회색 상자를 내려놓았다.

"이거 누가 사 갔어요?" 그녀가 숨을 몰아쉬며 물었다.

사장은 입을 조금 벌릴 뿐 곧바로 대답하지 않았다.

"조금 전에…… 아직 차가운 거 보면 막 산 거야."

사장이 상자를 열고 마카롱을 들여다봤다.

"누구냐니까요? 그 학생들이죠?" 강상미가 소리쳤다.

"아, 선생님 팬인가 봐요." 사장이 환하게 웃었다.

강상미가 턱을 내린 채 사장을 바라보았다.

"키가 큰 여자분인데 후드 쓰시고 턱이 약간 튀어나왔어요. 얼굴이 작고 동글고." 사장이 허공에 얼굴형을 그려 보였다.

강상미가 색이 다른 마카롱 여섯 개를 내려다보았다.

"놀랐잖아요. 갑자기 오셔서……" 사장이 말을 이었다. "거기 도둑 들었다면서요? 도대체 팬티는 왜 가져간대요. 무섭게."

"그러게요. 빨리 잡혀야 할 텐데." 강상미가 사장에게 마카롱이 든 상자를 넘겨받았다. 그녀가 상자를 들고 가게를 나섰다.

"조심하세요." 등 뒤로 사장의 목소리가 들렸다. "경찰도 불렀대요."

동 입구로 들어서는 강상미의 눈에 거울에 비친 자신의 모습이 보였다. 부스스한 머리와 주름에 짓눌린 눈, 검붉고 처진 입술이 갈 곳을 잊어버린 노인 같았다.

문이 열리자 강상미는 곧바로 마카롱 상자를 내밀었다.

"이거 뭐야?" 그녀가 물었다.

옆집 여자가 눈을 피했다. 강상미가 여자의 집을 눈으로 훑었다. 두 대의 모니터가 놓인 책상은 머그잔과 흐트러진 메모지로 여전히 어수선했지만, 바닥과 1인용 소파는 옷가지나 쓰레기 하나 없이 깨끗했다. 그녀가 샌들을 벗고 집 안으로 들어갔다. 거실에도 부엌에도 팬티는 보이지 않았다. 그녀가 방으로 걸음을 옮기자 옆집 여자가 그녀를 가로막았다.

"맨 아래 있는 것만 떼려고 했어요. 근데 그게 끈으로 묶여서……"

"다시 걸어." 강상미가 여자의 말을 끊었다.

옆집 여자가 고개를 저었다. "이제 못 해요."

강상미가 그녀를 지나 방으로 들어갔다. 왼쪽 장롱 앞에 손바닥만 한 흰 라벨과 투명 나일론 줄이 쌓여 있었고 그 옆으로 팬티 더미가 보였다. 강상미가 장롱 앞으로 걸어가 팬티 옆에 놓인 자잘한 천 조각과 가위를 내려다보았다.

"그대로 둘 순 없으니까……" 옆집 여자가 말끝을 흐렸다.

"그럼 자백해." 강상미가 그녀를 마주했다. "별일 아니야. 실수로 그랬다고 해."

"도와달라더니. 이러기예요?" 옆집 여자가 맞부딪쳤다.

"내가 뗐어? 티 팬티는 스트리퍼만 입던 거다, 하면서 왜 그랬는지 얘기해. 좋은 기회잖아."

"그럴게요. 팬티도 할머니가 떼자고 했고 집게도 할머니가 샀다고 할게요."

"니가 지금 몇 살이니?" 강상미가 악에 받쳐 소리쳤다.

"서른둘요!" 옆집 여자가 되받아쳤다.

강상미가 문틀을 잡고 눈을 감았다. 옆집 여자의 숨소리가 잦아들었다.

"어디 아픈 건 아니죠?"

강상미가 눈을 치떠 그녀를 흘겨봤다.

"다들 별 관심 없을 거예요. 기껏해야 팬티잖아요." 옆집 여자가 강상미의 손에서 마카롱 상자를 가져가 열었다.

"경찰도 불렀대." 강상미가 힘없이 말했다.

그들이 안방 문틀에 기대 마카롱을 입에 넣었다.

"쓰레기봉투 가져와봐." 강상미가 말했다.

"없는데." 옆집 여자가 눈썹을 내려트렸다.

강상미가 마카롱을 삼키고는 장롱을 열었다. 그녀가 양말한 짝과 에코 백을 꺼냈다.

"이건 태우자." 강상미가 양말에 라벨과 나일론 줄을 넣었다. "얘넨 커서 쓰레기봉투에 버려야 돼." 그녀가 천 조각과 멀쩡한 다른 팬티를 에코 백에 넣었다.

"우리 집에 쓰레기봉투 있어." 그녀가 에코 백을 어깨에 메고 안방을 나섰다. "그거 챙겨." 옆집 여자가 강상미의 눈짓대로 양말을 주머니에 넣었다.

강상미가 현관문을 열었다. 누군가의 외마디 소리와 번잡한 발소리가 들렸다. 열린 문으로 검은색 바탕에 형광 띠무늬가 있는 조끼가 보였고 이어 놀라 부릅뜬 눈이 나타났다. 강상미가 현관 뒤쪽으로 물러섰다.

"할머니." 경찰이 강상미를 눈으로 훑었다. "여기 사세요?"

"아니, 저기." 강상미가 말을 더듬으며 맞은편 집을 가리켰다.

경찰이 머리를 갸웃거리며 그녀 뒤에 선 옆집 여자를 살폈다. "그럼 여기 사는 분이 누구세요?"

"왜요?" 강상미가 물었다.

"아니 별건 아니고⋯⋯ 그건 뭐예요?" 경찰이 강상미가 든 에코 백을 가리켰다. 그녀가 에코 백을 내려다봤다. 벌어진 틈 사이로 체크무늬 천이 보였다.

"아무것도 아니야." 강상미가 천을 누르며 말했다.

"일단 줘보세요." 경찰이 엄중한 목소리로 말했다. 강상미가 그에게 에코 백을 건넸다. 그가 에코 백에서 체크무늬 트렁크를 꺼냈다. 경찰이 당혹스러운 듯 입을 벌리고 그녀를 쳐다봤다.

"뭐예요, 이게?"

"팬티!" 강상미가 천연덕스럽게 대답했다.

"누구 팬틴데요?"

"우리 조카." 그녀가 턱을 들이밀고 경찰과 눈을 마주쳤다.

그가 눈살을 찌푸렸다. "조카가 몇 살인데요?"

"마흔여덟인가."

그가 입을 비죽이고는 에코 백을 뒤적였다. "다른 거는요?"

"저 아가씨 것도 있고." 강상미가 옆집 여자를 가리켰다. 경찰이 에코 백에서 손을 뺐다. 그의 귀가 붉어졌다. "나무가 휑해서 모아봤어, 내가 걸려고." 그녀가 덧붙였다.

경찰이 그녀에게 에코 백을 건넸다.

"근데 할머니. 이거 라벨 다셔야 해요." 그가 말했다.

"그게 뭐야? 라벨?"

"이만하게요." 경찰이 자신의 손바닥을 펴 보였다. "거기에다 손 글씨로 팬티에 어떤 사연이 있는지 쓰는 거예요. 못 보셨어요?"

목에 차가운 감촉이 느껴졌다. 어깨를 잡은 옆집 여자의 손이 떨렸다.

“제가 알려드릴게요.” 여자가 잠긴 목소리로 말했다.

“아휴, 난 몰랐네.” 강상미가 어깨를 움츠리고 크게 숨을 내쉬었다. “내일 죽을 사람이 젊은이들 따라가려니까 힘들어.”

“에이, 무슨 말씀이세요. 완전 신세대세요.” 경찰이 손을 내저었다.

강상미와 옆집 여자는 화요일에 무엇을 했냐는 경찰의 질문을 수월하게 넘기고 손을 흔들며 그를 배웅했다. 경찰이 강상미를 향해 엄지를 치켜들었다.

주민들의 팬티를 버리고 근처 마트로 갔다. 티 팬티와 망사 팬티는 사지 말자는 옆집 여자의 말에 강상미가 고개를 끄덕였다. 그들은 이제 원하는 팬티를 고를 수 있었다.

완성된 팬티를 나일론 줄에 묶고 밖으로 나갔다. 집게를 썼지만, 나무에 둥글게 팬티를 두르기가 쉽지 않았다. 주민들이 하나둘 모이더니 관리 사무소에서 사다리를 가져왔다. 옆집 여자가 사다리에 올라 팬티를 걸었다.

“저 혹시,” 누군가 강상미의 어깨를 두드렸다. 돌아보자 팔짱을 낀 커플이 서 있었다. “끈 좀 남으세요? 저희도 걸고 싶은데.” 커플 중 여자가 말했다.

모두의 시선이 그들에게 쏠렸다. 팬티를 걸던 옆집 여자도 그들을 내려다봤다. 커플의 손에 들린 팬티는 양옆이 리본으로 묶인 은색 팬티로, 레이스 장식이 있는 망사 팬티였다.

"아, 진짜." 옆집 여자가 소리쳤다. "그런 팬티를 꼭 걸어야겠어요?"

"왜요?" 커플 중 남자가 더 크게 대꾸했다. "제 아내가 제일 좋아하는 팬틴데."

구경꾼 무리에서 키득거리는 소리가 새어 나왔다. 커플 중 여자가 남자의 등을 세게 치며 웃음을 터트렸다.

옆집 여자가 팬티를 내려놓더니 사다리에서 내려왔다. 그녀는 웃지 않았다.

"제정신이세요?" 그녀가 말했다.

"왜 이래." 강상미가 그녀를 막아섰다. "남았어요. 여기 끝에 다세요."

커플이 나무 아래 자리를 잡고 나일론 줄에 은색 팬티를 달았다. 모여 선 주민들이 커플을 바라봤다.

"뭐예요." 옆집 여자가 작은 목소리로 물었다.

강상미가 그녀에게 귀를 대라고 손짓했다. 옆집 여자가 고개를 숙였다.

"이번엔 가위를 쓰자." 강상미가 소곤댔다.

"미쳤어요?" 옆집 여자가 짧은 웃음을 터뜨렸다.

커플이 화단에서 나오자 강상미가 단풍나무로 다가갔다.

사다리를 잡는 그녀의 팔에 덥고 습한 바람이 감겨들었다. 그녀는 오랜만에 느끼는 그 여름 공기가 싫지만은 않다고 생각했다.

어느 날 거위가

아내는 나가고 없었다. 거실 바닥에 놓인 물을 병째로 들이켰다. 미지근한 물에서 알코올 냄새가 났다. 한 잔 정도 남은 참이슬 병을 주머니에 넣고 홍삼 팩을 입에 물었다.

가게에 도착하자 유리문 너머로 홀에 앉은 아내가 보였다. 일곱 테이블밖에 없는 홀이 휑했다.

"없는 손님도 쫓겠다."

문을 열며 말했다. 아내는 돌아보지 않았다. 그녀를 지나 주방으로 들어갔다. 본사에서 온 절단육 상자가 열린 채로 놓여 있었다. 상자에 담긴 스무 마리의 절단된 닭도 비닐봉지에 포장된 그대로였다. 가뜩이나 좁은 주방이 상자로 발 디딜 틈 없었다.

"뭐 했어?"

답이 없었다. 아내는 지역 채널 뉴스를 보고 있었다. 홀에 걸린 티브이에 강청호가 나왔다. 쓰레기와 썩은 갈대가 호수에 떠다녔다. 산책로를 지나는 주민들이 고통을 호소했다. 어제부터 네 번은 본 뉴스였다.

"장사 안 할 거야?"

다시 물었다. 아내가 내게 고개를 돌렸다. 그녀의 눈동자는 짙은 검은색이었다. 가끔 빛이 맺히면 달이 뜬 밤하늘처럼 보이기도 했다. 결혼 전 어느 호프집에서 그녀를 바라보던 날이 떠올랐다. 한때는 몇 시간이고 그 눈을 들여다봤다.

"저거 봐." 아내가 시선을 돌렸다.

화면 아래쪽에 "외출·외박·면회 금지"라는 헤드라인 자막이 보였다. 강청군 인근 부대에 유사한 증상을 보이는 장병이 잇따라 나타났다. 아내는 아나운서가 전하는 뉴스를 가만히 듣고 있었다. 군은 문제의 원인과 전염성 여부가 확인될 때까지 장병의 외출과 외박, 면회를 사실상 금지했다.

휴대폰으로 인근 부대의 금지령을 검색했다. 〈오늘의 유머〉와 〈루리웹〉 게시글이 몇 개 떴다. 내용은 모두 같았다.

[강청군 사건의 비밀]

글 내용상 자세히 말하긴 어렵지만 강청군 근처 부대와 매우 밀접한 사람임.

최근 ○사단, △군단에서 외출·외박·면회 금지된 거 아는 사람은 알 거임. 근데 이게 단순한 질병 문제가 아님.

먼저 병장 한 명이 훈련 중 오한이 든다며 떨다가 생활관에 돌아가자마자 쓰러짐. 침 흘리고 먹은 걸 다 토했다고 함. 입 주변에 버짐이 피고 온몸에 하얗게 각질이 일어남. 일단 직할 의무대에 격리하고 지켜보는데 잠깐 사이에 사라짐.

며칠 뒤에 같은 사단 다른 연대에서 한 일병이 같은 증상을 보이더니 마찬가지로 없어짐. 조사 결과 둘은 접촉한 적 없음. 둘 다 도망치는 걸 목격한 사람도 없고 CCTV에도 안 찍혀서 탈영이라기에도 애매함. 군에서도 탈영으로 생각하고 조사했는데 밖으로 나간 흔적이 없어서 고심 중.

소름 끼치는 건 ○사단에서 두 명, △군단에서 한 명, 총 세 명이나 같은 증상을 보이고 말 그대로 증발하다시피 사라졌는데 무슨 병인지, 왜 그런 건지 모른다는 거임. 언제 또 누가 걸릴지 알 수 없음.

올리고 잡혀갈지도. 후속 글 없으면 누가 신고해주면 고맙겠음.

그럴듯한 개소리였다. 커뮤니티 글 외에 문제의 질병을 기립성저혈압으로 추정하는 기사도 있었다. 아내가 의자를 끌며 일어났다.

"기립성저혈압이라는 게 있어?" 주방으로 들어가는 아내에게 물었다.

주방에서 양동이를 바닥에 던지는 소리, 양동이에 절단육을 떨어트리는 소리가 들렸다. 양동이가 둔탁하게 달그락댔다. 아내는 장갑을 끼고 가위를 집어들었을 것이다.

주방으로 몸을 돌리는데 시야가 흐릿하고 어지러웠다. 새벽에 마신 술이 올라왔다. 정수기에서 물을 따라 마시며 생각을 정리했다.

그러고 보니 토요일이었다. 주말이면 군인과 면회객으로 가게가 가득 차기 마련이었다. 시끄러운 홀을 지나 주방으로 다가가면 이따금 아내의 휘파람이 들리기도 했다. 입을 오므리고 입김을 부는 것에 지나지 않아 희미한 소리였지만, 그 소리를 들으면 기분이 좋았다. 그러나 지금은 주말이면 오는 아르바이트생조차 보이지 않았다. 평일과 다를 게 없었다.

강청군의 식당과 상점은 대부분 군인과 면회객이 오는 주말에 수익을 냈다. 군인의 외출, 외박에 면회까지 막힌다면 시내에서 먼 우리부터 손해를 볼 게 뻔했다. 지난달에도 겨우 적자를 면한 참이었다. 매일 닭을 튀기고 배달하지만 남는 게 없었다. 2년 전 처음 가게를 열었을 때가 악몽처럼 떠올랐다. 석 달 동안 천만 원 정도 적자를 봤다.

"괜찮아. 우리 좋아지고 있잖아." 아내에게 말했다.

가윗날이 닭의 뼈와 내장을 스치는 소리가 들려왔다. 전화벨이 울렸다. 서둘러 수화기를 집어들었다.

"양념이랑 후라이드 하나씩에 와사비간장치킨이랑 고구마튀김도 시킬게요."

와사비간장은 찾는 사람이 많지 않아 단종될 위기에 놓인 메뉴였다. 더욱이 와사비간장과 고구마튀김을 함께 주문하는 사람은 한 명뿐이었다. 인중이 유독 튀어나온 얼굴을 떠올렸다. 아내와 나는 그를 와사비라고 불렀다.

"부대에서 주문해도 되는 거예요?" 와사비에게 물었다.

"허락받은 겁니다." 그가 대답했다.

전화를 끊고 뒤로 돌자 주방에서 나온 아내가 보였다. 목장갑 위에 비닐장갑을 낀 그녀에게서 생닭 냄새가 났다. 지난 2년간 우리에게 스며든 그 냄새에 속이 메슥거렸다.

스테인리스 그릇에 물과 치킨 파우더를 붓고 반죽을 만들었다. 할 일이 많았다. 주문을 세 마리나 받다니 어려운 가운데 뭔가 해낸 느낌이었다. 소스 만들기가 좀 번거로우면 어떤가. 인중이 두드러진 와사비와 와사비간장치킨을 단종하지 않은 본사에 고마운 마음마저 들었다.

부대로 가는 길은 익숙했다. 주말이면 하루에도 몇 번씩 오가는 길이었다. 길가에 깔린 낙엽과 볼에 닿는 찬 바람에 기분이 좋았다. 어쩌면 이번이 기회가 될지 몰랐다. 금지가 풀리면 연말 특수와 겹쳐 매출이 몇 배로 뛸 수도 있었다. 매일 가게에 묶여 있으니 속절없이 세월이 지나는 기분이 들었다. 이맘때는 전어에 소주가 딱인데. 중얼거리는 소리가 절로 나왔다. 그래도 주말이니까 홀 손님은 좀 오겠지. 빈 테이블에 놓인 참이슬 병이 눈앞에 아른거렸다. 목구멍으로 넘어가는 소주의 감촉이 그리웠다.

12시가 조금 넘어 부대 후문에 도착했다. 와사비가 치킨을 받고 카드를 내밀었다.

"영수증 드려야죠?"

와사비가 눈을 내리깐 채 입술을 잘근거렸다.

"아저씨." 와사비가 입을 가리고 소곤댔다. "……가져가실래요?" 그의 말이 잘 들리지 않았다. 카드와 영수증을 건네며 그를 쳐다봤다. 와사비가 오른쪽을 가리켰다.

"뭐요?" 카드 단말기를 전대에 넣고 그가 가리킨 곳으로 고개를 돌렸다. 담장에 가려 뭐가 있는지 잘 보이지 않았다. 왼쪽 초소에 앉은 초병을 곁눈질했다. 그가 무관심한 눈길로 나를 보더니, 손에 든 책으로 시선을 떨궜다.

오토바이를 끌고 오른쪽으로 걸었다. 초소가 보이지 않는 곳까지 갔을 때 나지막한 욕설과 꺽꺽대는 울음소리가 들렸다. 담장 위에서 푸드덕거리는 소리가 나더니 거위가 날아왔다. 원형 철조망 위로 꽤 높이 떠오른 거위는 보도 턱 위로 아슬아슬하게 떨어졌다. 목에는 얼룩무늬 손수건이 묶여 있었다. 거위가 나를 보며 몸을 낮추더니 반대쪽으로 달려갔다. 멀어지는 거위를 멍하니 지켜보는데 담장 너머에서 또 다른 거위가 날아왔다. 역시 목에 손수건을 두르고 있었다.

"저기요." 와사비를 불렀다. 담장 너머에서 흙길을 달리는 발소리가 들렸다.

한낮의 거리에는 아무도 없었다. 덩치가 큰 거위가 목울대를 부풀리며 울었다. 거위는 성인 네 명이 나눠 먹어도 좋을 만큼 몸집이 컸고 좋은 환경에서 사육된 것처럼 윤기가 났다. 거위를 잡아 배달 통에 넣고 가게로 향했다. 뚜껑을 열어두고 거위가 밖으로 나오지 못하도록 끈으로 여러 번 묶었다.

아내는 치킨값을 제대로 받았는지부터 궁금해했다. 영수증을 보여주자 그제야 거위를 살폈다.

"거위치고는 크지 않아?" 내가 물었다.

"외래종인가 보지." 아내가 휴대폰을 집어들며 툴툴댔다.

거위 앞에 쭈그려 앉아 목에 묶인 손수건을 풀었다. 손수건에서 종이쪽지가 떨어졌다.

"고든 램지가 추수감사절 특집으로 요리하는 영상도 있네. 외국 거위가 육즙이 좋대." 아내가 휴대폰에서 눈을 떼고 말했다. "추수감사절이 이맘때 아니야?" 그녀의 목소리가 높아졌다.

종이쪽지를 그녀에게 보여주었다.

'2소대 1분대 병장 장준태. 멀리 풀어주세요.'

"주인이 있는 것 같아."

"군인인데?" 아내가 물었다.

우리는 의논 끝에 가게 뒷문 옆, 주차장 한쪽에 거위를 묶어놓았다. 아무 데나 똥을 싸고 날개를 흔들어대는 통에 가게에 둘 수 없었다.

점심을 먹고 정리하는데 전화가 왔다. 가게를 소개하고 주문을 기다렸지만, 상대는 말이 없었다. 전화를 끊으려는데 헛기침 소리가 들렸다.

"먹었어요?" 그가 물었다.

"뭘요?"

"장 병장님이요." 그의 목소리가 갈라졌다.

"누구요?"

"장준태요. 그 새끼가 변한 거예요. 분명히 봤어요."

작고 나직한 목소리가 귀에 익었다. 고개를 들어 주차장 쪽을 바라봤다. 벽 너머로 거위의 울음소리가 들렸다.

"나 같아도 안 믿지, 시발." 와사비가 욕을 지껄였다. "그냥 마음대로 하세요."

"왜 욕을……" 턱을 괴고 눈을 감았다. 머리에 피도 안 마른 이 정신 나간 자식에게 따끔하게 한마디를 해줄까. 그렇게 얼마 없는 단골을 잃을 수도 있었다. "예, 다음에도 시켜주세요." 솟아오르는 화를 누르고 상냥하게 말했다. 와사비가 전화를 끊었다.

"누구?" 아내가 물었다.

"와사비."

"뭐라는데?"

아내에게 자초지종을 전했다.

"그걸 듣고 있어?" 아내가 짜증스럽게 말했다. "하여튼 속도 좋아."

주문 알람이 울리고 단말기에서 접수증이 나왔다. 근처 주택이었다. 30분 후에 도착한다는 안내를 보낸 뒤 아내가 미리 튀겨놓은 닭을 다시 기름에 넣었다.

새벽 2시까지 배달만 열 건이었고 홀 손님은 없었다. 와사비를 제외하고는 모두 한 마리를 시켰다. 적자를 면하려면 하루에 열네 마리는 팔아야 했다. 평일 매출을 생각하면 그 열 배를 팔아도 모자랐다.

남은 치킨을 데워서 테이블에 놓았다. 두 마리 양이었다. 아내가 입맛이 없다며 일어섰다. 나도 먹고 싶지 않았다. 그러나 닭이 아까워 다리를 집어 들었다. 후라이드는 싫지만 소스값을 생각하면 양념을 묻힐 수 없었다.

"재 밥은 줬어?" 아내가 물었다.

"아까 양배추 줬는데."

"데려오기만 하면 다지." 아내가 주방으로 들어갔다. 뒷문이 열리고 거위가 난동을 피우는 소리가 들렸다. 아내가 비명을 질렀다. 스테인리스 그릇이 뒤집히고 바닥이 긁히는 소리가 나더니 거위가 홀에 나타났다. 나는 일어서서 무릎을 굽히고 손을 가슴께로 올렸다. 여차하면 거위의 목을 낚아채야 했다. 거위가 몸을 부풀리며 부리를 여닫았다. 동그란 거위의 눈에 광기가 스쳤다. 거위가 목을 뻗으며 내게 달려들었다. 주황빛에 거무스름한 혹이 돋아난 부리가 눈앞으로 다가왔다. 닭 다리를 내려놓고 문밖으로 달려나갔다. 문에 단 풍경이 댕그랑댔고 거위가 푸드덕대는 소리가 풍경소리와 뒤섞였다.

손잡이를 쥐고 온몸으로 문을 막았다. 유리문 너머로 기가 막힌다는 표정을 짓는 아내와 치킨이 놓인 접시에 부리를 박는 거위가 보였다. 거위가 목을 부르르 떨며 닭 다리를 물더니 고개를 젖혀 입에 넣었다.

문을 열고 거위에게 다가갔다.

"얘 왜 이래?" 아내가 물었다. "고기 먹어도 돼?"

거위가 목을 바닥으로 내리더니 컥컥댔다. 거위의 목덜미를 잡고 부리를 벌렸다. 거위가 날개를 펼치며 버둥거렸다. 목구멍에 두툼한 다리 살이 보였다. 닭 다리를 잡아 뺐다. 거위가 나를 보며 나지막이 울었다. 그네가 삐거덕거리는 소리 같기도 했고 애가 칭얼거리는 소리 같기도 했다.

아내를 흘금거렸지만, 그녀는 팔짱을 끼고 나와 거위를 바라볼 뿐이었다. 마지못해 닭 다리의 살을 발라 거위에게 건넸다. 거위는 살코기를 순식간에 해치웠다. 아내가 기름이 묻은 내 손과 거위를 번갈아 보더니 고개를 저었다.

"이상하잖아. 거위가 닭을 먹는다는 게." 그녀가 말했다.

"거위는 원래 잡식이야." 내가 대꾸했다.

아내는 주방 입구에 서서 나를 쳐다보다가 말없이 가게를 나섰다. 올해 초부터 반복되는 생활이었다. 아내가 가게를 열었고 내가 뒷정리를 했다. 이제 함께 보다는 각자 일하는 게 편했다.

거위는 순식간에 치킨 두 마리를 먹어 치웠다. 거위의 입가에 기름기가 흘렀다. 홀 한쪽에 상자 두 개를 놓고 거위를 불렀다.

"야, 닭다리. 여기서 자라. 여기서 싸고."

거위가 두 상자를 들여다보더니 그중 하나에 들어가 앉았다.

주방을 청소하고 정산까지 끝내고 나니 거위는 부리를 날

개에 파묻은 채 잠들어 있었다. 치킨집에서 거위를 키우는 광경도 그렇게 나쁘지 않다는 생각이 들었다.

홀 손님이 없으니 병에 부어 모을 소주도 없었다. 주머니에 넣은 참이슬 병은 아침 그대로였다. 거실 소파에 앉아 소주를 할짝거리며 유튜브 영상을 봤다. 거위를 키우는 사람이 생각보다 많아 놀랐다. 주인의 뒤를 따라다니던 거위 네 마리가 낯선 사람을 공격하는 영상을 보다 잠이 들었다.

부재중 전화가 다섯 통이었다. 감각이 둔해질 정도로 얼굴이 붓고 목소리도 잘 나오지 않았다. 아내의 목소리 너머로 거위의 울음소리가 들렸다. 아내의 말에 집중하려 애썼다.

"온통 똥이야." 그녀가 말했다. "물기나 하고 이 거위 새끼."

실눈을 뜬 채로 홍삼 팩을 입에 물었다.

"거위 새끼 아니고 닭다리 새끼야." 내가 웅얼거렸다.

"술 안 깼니? 얼른 오기나 해." 아내의 목소리가 단호했다. 주섬주섬 옷을 챙겨 입었다. 피곤했지만 웃음도 나왔다. 아내와 실없는 말을 주고받은 것도 오랜만이었다.

아내는 닭다리를 키우자는 말에 나를 흘겨봤지만, 자정이 다 되도록 거위를 어떻게 할 거냐고 묻지 않았다. 저녁 배달이 한차례 끝나고 아내와 홀에 앉아 스테인리스 양동이에 담긴 물을 들이켜는 거위를 구경했다.

"먹지 말고 키우자. 쟤 얼굴 작은 게 너랑 똑같잖아." 내가 말했다.

“뭐가 똑같아.” 아내가 손을 저으며 실소했다.

“아니, 진짜.” 나는 물 마시기를 멈추고 우리를 빤히 올려보는 닭다리를 가리켰다. “뭔가 말하려는 것 같지 않아?”

닭다리가 꽥꽥댔다.

“봐봐. 자기 먹지 말라네.” 내가 덧붙였다.

“배고픈가 보지.” 아내가 일어나 주방으로 움직였다.

아내의 뒷모습을 보며 닭다리에게 손을 뻗었다. 닭다리가 부리를 소매 안에 파묻었다. “이런 앨 어떻게 먹어.” 혼잣말처럼 중얼거렸다.

닭다리는 가게에 남은 양배추도, 아내가 준비한 샐러드와 과일도 먹지 않았다. 기름에서 튀김 부스러기를 건져 닭다리에게 주었다. 닭다리가 거름망에 담긴 부스러기를 허겁지겁 쪼아 먹었다.

“사람한테도 안 주는 걸 동물한테 주면 어떡해.” 아내가 질색했다.

“다른 걸 안 먹잖아.” 주방에 돌아가 부스러기가 더 없나 살폈다. 새카맣게 탄 게 대부분이었다. “쓰레기도 처리하고 애 먹고 싶은 것도 먹이고 좋지.”

“어제는 양배추도 먹었잖아.” 아내가 나를 따라와 말했다.

“튀김 맛을 본 거지.” 내가 대꾸했다. “우리도 샐러드보단

튀긴 게 맛있잖아."

아내가 채소와 과일을 섞어 스테인리스 그릇에 담았다. 그녀가 바닥에 그릇을 내려놓는 소리가 들렸다. "배고프면 먹겠지."

새벽 1시가 가까워졌다. 주문은 없고 시간은 더디게 흘러갔다. 아내와 나는 티브이와 거위를 번갈아 쳐다보았다. 거위는 먹이를 앞에 두고 입맛만 다셨다.

"여보. 소주 한 병만 깔까?"

"운전은?" 아내가 눈썹을 들어 올렸다.

"걸어가면 되지. 연애할 때처럼." 내가 대답했다.

아내가 무어라 중얼거리며 고개를 숙였다. 콧바람을 내는 모습이 화가 난 듯도 했고 웃는 듯 보이기도 했다.

"조금만 마시자." 소주를 꺼내 뚜껑을 땄다.

"기어이 까는구나." 아내의 입에서 작고 낮은 목소리가 새어 나왔다.

"아니, 술 때문이 아니라." 황급히 말했다. "같이 얘기한 지도 오래됐잖아."

"오늘 몇 마리 팔았는데." 그녀의 눈이 날카로웠다.

"배달만 다섯 건 했잖아. 홀도 몇 팀 받고." 목소리가 기어들어 갔다. 매출이 적은 게 내 탓도 아닌데 왜 그녀가 따져 묻고 내가 주눅이 드는지 억울했다.

아내가 한숨을 쉬고는 자리에서 일어났다. 익숙한 모습이었다. 그녀가 모든 감정을 억누르겠다는 듯 눈을 내리깔고 얼굴을 돌렸다. 아내를 따라 일어나는데 테이블이 흔들리더니 소주가 넘어졌다. 곧바로 잡아 들었지만, 테이블에 소주를 조금 흘렸다. 아내가 나를 돌아봤다.

"그래서 어쩌자고? 죽상으로 앉아 있을까?" 나도 모르게 목소리가 커졌다. "기분 좀 풀자는 거 아니야."

"지금 네가 화낼 상황이야?" 아내가 소리쳤다.

그녀의 마음을 이해하지 못하는 건 아니었다. 하지만 그녀가 말하는 문제는 가게 상황이 나아지지 않고는 해결될 수 없었다. 적어도 내가 느끼기엔 그랬다.

"네가 뭘 하는데? 기껏해야 손님이 남긴 술 모아 마시는 것밖에 더해?"

"말조심해." 아내의 말에 얼굴이 화끈거렸다.

내 표정에도 아랑곳없이 말을 이어 가던 아내가 내 옆을 곁눈질했다. 왼쪽 테이블에서 무엇인가 부딪치는 소리가 났다. 닭다리가 머리를 쳐들고 뭔가를 삼키고 있었다.

"뭐야? 얘 뭐 먹어?" 급히 주변을 살폈다. 소주 뚜껑은 테이블에 그대로 놓여 있었다.

"저거 마신 것 같은데." 아내가 테이블에 흘린 소주를 가리켰다.

닭다리가 테이블에서 떨어져 나와 비틀거렸다. 날개를 조금 들어 올리고 옆으로 걷는 모습이 춤이라도 추는 듯 보였다. 닭다리는 한 바퀴를 그렇게 돌다가 앞으로 넘어졌는데 계속 몸을 일으키려 엉덩이를 좌우로 흔들었다.

"그러니까 왜 소주를 까서." 아내가 언성을 높였다.

"이게 그렇게 욕먹을 일이냐?" 나도 맞받아쳤다.

그아하-

말을 멈추고 바닥을 내려다보았다. 바닥에 목을 늘어트린 닭다리가 엉덩이를 씰룩이며 울었다. 그아하-

아내가 눈을 크게 뜨고 입을 꿈틀거렸다. 그녀와 눈이 마주치자 웃음이 터져 나왔다.

"그만해?" 아내가 키득거렸다. "진짜 사람 같잖아."

아내를 따라 웃었지만, 마음 한구석이 찜찜했다. 카운터 아래 있는 손수건과 종잇조각이 떠올랐다. 분명히 봤어요. 와사비의 목소리도 들리는 듯했다.

닭다리는 추수감사절을 무사히 넘겼다. 아내가 조리 방법이 번거롭다는 이유로 거위 구이를 포기했기 때문이었다. 우리는 닭다리에게 홀 손님이 남긴 치킨이나 튀겨놓고 팔지 못한 치킨을 주었다. 닭다리는 닥치는 대로 먹었고 하루가 다르게 살이 쪘다.

군의 금지령은 두 주 뒤에 해제되었다. 같은 증상을 보이는 병사가 더 나타나지 않았고 원인균을 지닌 거위를 부대 근처에서 잡았기 때문이었다. 군은 문제의 질병에 더는 전염성이 없다고 결론지었다. 아내와 나는 급하게 홀 아르바이트생을 구했다.

토요일이 되자 오픈 시간부터 배달 주문이 줄을 이었고 홀도 반이나 찼다. 부대로 배달을 갔다 와 새로운 치킨을 싣고 다시 부대로 향했다. 가게에 들를 때마다 손님 수를 헤아렸다. 홀은 대부분 반 이상 차 있었고 일곱 테이블이 모두 찼을 때도 많았다. 오토바이를 타며 하루 매출을 계산했다. 계산대로라면 하루 만에 부족한 한 주 매출을 메울 수 있었다.

문제가 생긴 건 배달이 조금 뜸해진 오후 4시 이후였다. 종일 주방에 있던 아내는 기름 냄새를 내보내기 위해 점심부터 뒷문을 열어두었지만, 홀이 워낙 붐비고 어수선해 주차장의 소리는 잘 듣지 못했다. 한번 앉지도 못할 정도로 바쁜 날이었다. 아내는 반죽을 만들고 닭을 튀기고 부족한 소스를 만드느라 정신이 없었다.

한차례 배달을 끝내고 가게에 도착한 나는 헬멧을 벗기 무섭게 1번 테이블에 물통을 가져다주었다. 홀은 외출을 나와 복귀를 앞둔 군인들로 가득했다. 서빙과 주문 전화를 도맡은 아르바이트생이 당장이라도 울 것처럼 얼굴을 일그러트렸다.

“자꾸만 새 소리가 나요.” 아르바이트생이 말했다.

그의 말이 단번에 이해되지 않았다.

“오리 소리요. 닭 소리인가? 손님들이 계속 물어봐요.”

그제야 주차장에 있을 닭다리가 생각났다. 주방으로 향했다.

“걔 점심 줬어?”

“뭐?” 아내가 미간을 찌푸린 채로 되물었다.

“닭다리. 뭐 줬어?”

아내가 미간을 펴고 눈을 크게 떴다. 뒷문에서 낮은 울음소리가 희미하게 들려왔다. 문을 내다보자 부리를 벌린 채 고개를 숙인 닭다리가 보였다. 닭다리는 내가 다가가도 울음을 멈추지 않았다. 허벅지만큼 두꺼워진 머리와 목, 짐볼처럼 부푼 몸뚱이를 내려다봤다. 목줄을 쪼아 드러난 살이 꼭 털을 뽑은 생닭 같았다.

줄을 풀었다. 닭다리는 기다렸다는 듯 주방을 지나 홀로 내달렸다. 군인들과 아르바이트생의 비명과 욕설이 들렸다. 홀로 나가자 7번 테이블 의자에 올라 부리로 치킨을 집어 드는 닭다리가 보였다. 7번 테이블의 군인들이 자리에서 일어나 뒷걸음질 쳤다. 휴대폰을 꺼내 사진을 찍는 군인도 몇 명 보였다.

“뭐야 이게?” 군인 한 명이 소리쳤다. 아르바이트생과 모든 군인이 나를 바라봤다. 입이 말랐고 식은땀이 났다. 닭다리를 바닥으로 떨어트린 뒤 발길질하는 시늉을 하며 밖으로 몰았다. 닭다리가 몸을 부풀며 내게 맞섰다. 평소보다 몸집이 커 보였고 눈가가 충혈된 듯 빨갰다.

"재수가 없으려니까 웬 거위가 들어오네." 큰 소리로 말하며 아르바이트생에게 7번 테이블을 정리하고 치킨을 새로 갖다주라고 시켰다. 문밖에 선 닭다리가 이마와 윗부리를 유리문에 대고 가게를 들여다봤다. 주황색 부리에 돋아난 검고 볼록한 반점이 섬뜩했다.

가게 밖으로 나가 닭다리의 몸통을 잡아 들었다. 닭다리가 몸부림치며 발톱으로 손등과 팔을 할퀴었다. 점퍼 소매가 찢어졌고 손등에서 난 피가 소매 안쪽으로 흘러내렸다. 닭다리의 무게에 무릎이 절로 구부러졌다. 옆 골목까지 걷다가 모퉁이를 돌아 주차장으로 달렸다.

닭다리를 던지듯 내려놓고 목에 줄을 둘렀다. 닭다리가 머리를 들어 올릴 때마다 부리가 어깨까지 올라왔다. 사람들이 볼 수 없도록 주변에 상자를 쌓아 올렸다.

울부짖는 닭다리에게 7번 테이블에서 뺀 치킨을 던져줬다. 그릇에 머리를 넣었다 빼는 모습이 며칠은 굶은 것 같았다.

"작작 좀 먹어라."

닭다리가 눈을 치떴다. 반쯤 가려진 눈에 날이 서 있었다.

손등이 쓰라렸고 소매가 축축했다.

"무슨 일이야?" 아내가 뒤통수에 대고 물었다.

뒷문을 소리 나게 닫고 급한 대로 행주를 들어 손등의 상처를 눌렀다. 화가 치밀었지만 함부로 소리를 지를 수도 없었다. 사진을 찍던 군인들이 신경 쓰였다.

주방에서 나와 아르바이트생에게 말을 걸었다. 홀이 소란스러워 목소리를 높여야 했다.

"신고해야 하나? 그런 거는 처음 봐서."

"하셔야죠." 아르바이트생이 대답했다. "군대에서도 거위를 잡았다잖아요. 병 걸린다고 하던데."

뉴스에서는 원인이 된 거위는 살처분했고 전염성도 없다고 했는데 그가 뉴스를 어디로 들었는지 알 수 없었다. 나를 향한 군인들의 시선을 의식하며 천천히 고개를 끄덕였다.

배달이 들어와 가게에 붙어 있을 시간이 없었다. 주문이 들어오는 것은 좋았지만, 닭다리가 신경 쓰여 괴로웠다. 거위가 가게에 있다는 게 알려지기라도 하면 군인이고 면회객이고 아무도 우리 음식을 먹으려 하지 않을 것이었다.

저녁 8시가 지나 아르바이트생이 퇴근하고, 새벽 1시에 마지막 손님이 나갈 때까지 닭다리가 가게로 들어오는 일은 없었다.

"어떻게 하지?" 내가 말했다. 우리는 가게 불을 끄고 물을 마시는 닭다리를 지켜보았다.

"그걸 나한테 물어?" 아내가 되물었다.

"어디든 보내야 하나……"

닭다리가 날개를 뻗어 올리며 크게 울었다.

"뭘 잘했다고." 아내가 거위에게 윽박질렀다. "어쩔 거야?" 그녀가 내게 따져 물었다.

대답을 망설이는데 마침 가게로 전화가 왔다. 카운터 수화기를 집어들었다. 영업이 끝났다는 말에 상대가 내 이름을 댔다.

"본인인데 무슨 일이십니까?" 내가 물었다.

"이현우 상병 관련해서 전화드렸습니다."

"누구요?" 고개를 낮추고 그의 전화를 받았다. 목소리가 떨렸다.

아내가 카운터로 다가와 눈썹을 내려트렸다.

"누구야? 뭐래?" 그녀가 소곤댔다.

손가락을 입에 갖다 대고 고개를 저었다. 아내가 머리를 들이밀더니 내 관자놀이와 수화기 사이로 귀를 갖다 댔다.

"지난 11월 19일 오후 12시 4분, 본 사단에 배달 오셨죠?" 남자가 말했다.

"아, 글쎄요. 확인을 좀 해봐야……"

있지도 않은 종이를 뒤적거렸다. 그가 와사비에게 치킨을 배달한 앞뒤 상황을 물었다. 나는 이현우 상병이 치킨 세 마리를 시켜서 배달했다고 대답했다.

아내가 입을 벙긋거렸다.

"허락받았다고 해서 배달한 건데 문제가 됩니까?" 아내의 말을 따라 했다.

"거위를 보셨습니까?" 그가 낮은 목소리로 엄숙하게 말했다.

"거위요? 웬…… 무슨……" 말이 잘 나오지 않았다.

"정말 못 보셨습니까?" 그가 물었다.

"거위는 본 적이 없는데." 내가 대답했다.

"두 마리 보셨죠?" 그가 다시 물었다.

"두 마리나 있대요? 뉴스엔 한 마리로 나오던데."

"협조 부탁드립니다. 본 대로 말씀해주시면 됩니다." 그가 말했다.

아내가 수화기를 뺏어 들었다.

"저기요, 치킨집에 거위가 말이 돼요?" 그녀가 언성을 높여 화를 냈다. "장난도 정도가 있지."

남자는 필요하면 다시 연락하겠다며 전화를 끊었다.

"진짜 어쩌지?" 내가 물었다.

"어쩌긴 뭘 어째." 아내가 주방으로 가서 기름을 데웠다. 그녀가 닭에 반죽을 묻혔다.

거위가 상자 밖으로 엉덩이를 내밀고 똥을 쌌다. 나는 눈을 감고 이마에 손을 얹었다.

"혹시 몰라서 닭 다리 하나 따로 챙겼어." 아내가 주방에서 나와 거위에게 치킨을 줬다. 그녀의 손에 닭 다리 조각이 담긴 비닐봉지가 들려 있었다.

"강청호에 풀어주자." 그녀가 나를 돌아봤다. "자연에서 사는 게 애한테도 좋을 거야."

거위의 부리에 튀김옷과 기름이 엉겨 붙었다.

"괜히 나쁜 짓 하는 것 같네." 내가 웅얼거렸다. 아내는 아무 말이 없었다. 우리는 거위를 데려오기 전 그랬던 것처럼 서로의 시선을 피하고 입을 다물었다.

카운터로 가서 손수건과 종이쪽지를 꺼냈다. 거위가 치킨에 정신이 팔린 틈을 타 손수건을 목에 둘러주었다. 마음이 한결 가벼웠다.

창밖에 첫눈이 내렸다. 아내와 나는 거위를 차에 태우고 강청호로 향했다. 12월의 첫날, 가로등 빛을 받으며 내려오는 눈만 공연히 낭만적이었다. 자잘하게 내리던 눈은 진눈깨비로 변하더니 강청호에 다다를 때쯤 비가 되어 쏟아졌다.

호수를 따라 세운 가로등은 모두 꺼졌지만, 도로의 가로등에서 나오는 빛이 강청호 둔치를 어슴푸레하게 비췄다. 벤치와 운동기구가 있는 작은 공원에 우산을 쓴 연인이 보였다. 산책로 끄트머리에 차를 세웠다. 흙이 드러난 길 너머로 호수까지 잡초가 무성한 곳이었다.

거위를 차 밖으로 몰아냈다. 그것이 잡초를 등지고 우리를 바라보았다. 기다랗고 두꺼워진 부리는 단단한 껍질로 둘러싸인 열매처럼 보였고 창백한 얼굴에 붉어진 눈동자는 괴물처럼 느껴졌다. 저 눈 좀 봐. 나는 생각했다. 사람일 리 없었다.

아내가 닭 다리 조각을 힘껏 던졌다. 거위가 몸을 낮추고 잡초 너머로 달려갔다. 우리는 산책로 끝에 서서 물가로 간 거위가 닭 다리를 먹는 모습을 지켜보았다. 어디선가 악취가 났지만, 호수 건너 불빛이 반짝이는 풍경이 제법 아름다웠다.

"이런 데다 풀어도 될까." 아내에게 물었다.

"그래도 즐거웠는데." 그녀가 잠긴 목소리로 말했다.

쏟아지는 비에 호수가 일렁였다. 날이 어두워 쓰레기는 잘 보이지 않았고 물결마다 조금씩 내보이는 빛이 우아할 따름이었다. 우산에 떨어지는 빗소리가 아늑했다. 손을 뻗어 아내의 어깨를 감쌌다. 아내가 우산을 든 내 손을 잡았다.

그때 거위가 고개를 들어 우리를 바라봤다. 잡초 너머로 보이는 눈이 번쩍이더니 그것이 순식간에 잡초가 난 땅의 반을 가로질렀다. 아내와 나는 서로에게서 떨어져 차로 질주했다. 진흙이 무릎 위까지 튀었다.

차 문을 닫았을 때 부리가 창문을 스쳤다. 사람만 한 그림자가 차에 드리웠다. 브레이크를 밟고 기어를 당겼다. 거위가 창을 쪼았다. 브레이크에서 발을 떼고 엑셀을 밟았다. 바퀴가 헛돌 뿐 차가 앞으로 가지 않았다. "빨리!" 아내가 소리쳤다. 문밖에서 쇠가 긁히는 소리가 났다. 거위가 목을 들어 올렸다가 앞으로 뻗으며 힘껏 울었다. 차가 움직였다. 백미러로 멀어지는 거위를 바라보았다.

"치킨을 한 조각 더 남겨둘 걸 그랬어." 아내가 숨을 몰아쉬었다.

아내를 따라 오전 10시에 집을 나섰다. 주문이 몰리기 전에 절단육을 다듬어야 했다. 강청교를 지나는데 아내가 창밖으로 고개를 내밀었다.

"왜?" 내가 물었다.

"호수 주변에 사람이 모여 있어." 아내가 대답했다. 나는 아무런 대꾸도 하지 못했다. 그녀도 더는 말이 없었다.

"손수건을 발견한 걸지도 모르지." 주차장에 차를 멈추고서야 그 말이 튀어나왔다. 아내가 고개를 끄덕였다.

매출은 기대 이상이었다. 더는 거위 같은 걱정거리도 없었다. 다음 주도 오늘과 같기를 진심으로 바랐다. 오후 3시가 넘어서야 숨 돌릴 틈이 났다. 아르바이트생을 쉬게 하고 홀을 맡았다. 음식을 기다리는 손님이 두 팀, 받아서 먹고 있는 손님이 네 팀이었다.

정수기 옆 구석 자리에 앉아 있던 아르바이트생이 나를 불렀다.

"이거 보셨어요?" 그가 내민 휴대폰을 들여다보았다. "큰일 날 뻔했네요."

SNS에 뜬 거위의 사진이었다. 강청호공원을 배경으로 부리를 벌리고 달려드는 거위가 보였다. 수풀 아래에 떨어진 얼룩무늬 손수건도 눈에 들어왔다. 손수건은 매어준 사람이 아니면 알아볼 수 없을 만큼 흙으로 범벅되어 있었다.

티브이 채널을 돌려 뉴스를 확인했다. 강청호나 거위에 관한 뉴스는 나오지 않았다.

"무슨 일인데?" 아르바이트생에게 물었다.

그때 전화가 울렸다. 누군가가 와사비간장치킨과 고구마튀김을 주문했다.

"또 뭐 시킬까?" 수화기 너머에서 왁자지껄한 소리가 들렸다.

"얘는 맥주 먹고 싶겠지." 여러 명이 낄낄거리며 웃었다.

"야, 웃지 마. 내가 그 거위 때문에 몇 번을……" 와사비의 목소리였다.

"이제 다 끝났잖아." 누군가 말했다.

습관적으로 주문을 입력하고 홀을 확인했다. 아직도 두 팀이 치킨을 기다리고 있었다. 어느샌가 카운터로 다가온 아르바이트생이 휴대폰을 내밀었다.

"산책하던 사람을 쓰러트리고 눈을 쪼았다나 봐요." 그가 말했다. "계속 날뛰는 바람에 실탄을 열 발이나 쐈대요."

"왜 이렇게 안 나와?" 손님 한 명이 투덜거렸다. 와사비와 거위를 뒤로하고 주방으로 걸음을 옮겼다.

"무슨 소리야?" 7번 테이블의 손님이 수군댔다. 다른 손님들도 웅성거렸다. 주방으로 다가가는 동안 울음소리는 점점 커졌다. 벽 너머에서 날개를 퍼덕이고 넓적한 발로 바닥을 차는 소리가 들려왔다. 흰색의 무엇인가가 느리게 주방 밖으로 걸어 나왔다.

눈이 검고 왜소한 거위였다.

"또 뒷문으로 들어왔나 보네요." 아르바이트생이 투덜거렸다. "어제부터 왜 거위가 난리지?"

거위를 지나 주방으로 들어갔다. 아내는 없고 뒷문은 닫혀 있었다. 주방으로 들어온 거위가 부리를 작게 벌리더니 짧은 숨을 여러 번 내쉬었다. 부리 사이로 가늘고 희미한 음이 새어 나왔다.

진흙이 묻은 손수건을 떠올렸다. 뒷문을 열고 차로 걸어갔다. 종이쪽지와 손수건을 찾아서 와사비를 만나봐야지. 거위가 왜, 어떻게 나타났는지 의문을 품는 사람이 한 명쯤은 있을지도 몰랐다. 그들을 만나야 했다.

뒤를 돌아 주차장에 선 거위를 바라봤다. 거위의 눈이 일렁이며 조금씩 빛을 내보였다.

귀경

주영은 목을 앞으로 구부리고 핸들을 더 세게 잡았다. 갑자기 쏟아진 눈으로 찻길이 미끄러웠다. 카 오디오에서는 90년대 라이브 팝송이 흘러나왔다. 손에 집히는 대로 넣은 음반이었다. 어쿠스틱 기타 소리와 불안정한 화음이 이어졌다.

시디는 세번째 곡으로 넘어가고 있었다. 주영은 그제야 그 음반을 기억해냈다. 박영식은 망향휴게소에서 그 시디를 샀다. 우동과 라면을 먹고 다시 차에 탔을 때 그는 시디를 틀고 노래 좋지, 하고 물었다. 뒷자리에 앉은 주영은 괜히 이어폰을 트렁크에 넣었다고 후회했다. 역시 90년대 노래가 좋아, 뭐라고 하는 거냐, 홀로 질문을 계속하던 박영식은 이내 들려오는 가사 중 자신이 아는 단어를 반 박자 늦게 따라 부르기 시작했다. 주영은 대답하지 않았다. 세번째 곡이 끝나자 박영식이 노래를 껐다. 조수석에서 들려오는, 가늘게 코 고는 소리만이 차 안에 퍼졌다. 그가 시디를 빼 콘솔박스에 넣었다. 바닥에 부딪힌 시디가 땡그르 소리를 냈다.

음식 쓰레기를 버리고 오겠다던 그들을 기다릴 가족을 생각하니 웃음이 났다.

앞차가 다시 멈췄다. 오디오에서는 이제 박영식이 듣지 못한 네번째 노래가 나왔다. You're a part of me, I'm a part of you. 경부 고속도로를 벗어나면 집으로 가 여권을 챙길 것이다. 주영이 노래를 따라 휘파람을 불었다. Wherever we may travel, whatever we go through…… 몇 마디 불지 않았는데 숨이 찼다. 그녀가 기침하다 창문을 열고 침을 뱉었다. 차가운 공기가 목을 휘감았다.

늘어선 차들 좌우로 붉은 불빛이 보였다. 일렬로 선 경찰이 경광봉을 흔들었다. 손이 핸들에서 조금 미끄러졌다. 그녀가 손바닥을 바지에 닦았다.

뒷자리에서 미세한 신음이 들렸다. 그녀가 창문을 닫고 오디오의 볼륨을 높였다.

"조용히 해."

그녀가 뒷자리 담요를 좌석 안쪽으로 밀었다. 남색 패딩이 담요 밖으로 불거져 나왔다. 그녀가 튀어나온 소매를 담요

안에 집어넣고 조수석에 놓인 롱 패딩을 담요 위에 놓았다. 소매와 모자를 흐트러뜨리자 별 생각 없이 던져둔 패딩으로 보였다. 그녀가 다시 도로를 확인했다.

옆 차선에 선 차들과 경찰이 보였다. 맨 앞차에서 운전자가 내리자 경찰이 차를 몰아 갓길에 댔다. 주영이 몸을 굽혀 바지에서 나는 냄새를 확인했다. 언제 묻었는지 모를 고춧가루와 기름 자국에서 술 냄새가 났다. "마신 것도 아닌데." 그녀가 중얼거리며 바지 위로 티셔츠를 빼내 펄럭였다. 경찰이 차에 타기라도 하면 일이 복잡해질 것 같았다.

앞선 차들이 빠르게 줄어들었다. 그녀가 손이 겨우 통과할 만큼 창을 내리고 차를 몰았다. 바람과 엔진 소리 사이로 뒷자리의 패딩이 부스럭거리는 소리가 들렸다.

"음주 단속입니다." 동그란 안경을 쓰고 검은 목도리를 한 경찰이 창틈으로 음주 감지기를 내밀었다. 주영이 음주 감지기에 입을 대려는데 뒷좌석이 흔들렸다. 안경 쓴 경찰이 뒷자리로 고개를 돌렸고 주영도 덩달아 뒤를 돌아봤다. 롱 패딩이 담요 가장자리로 미끄러지고 있었다. 그녀가 입술을 깨물었다. 선팅이 되어 있으니 안이 보이진 않을 것이다. 그녀가 엄지를 끊어낼 듯 주먹을 쥐고 창으로 몸을 돌렸다.

"후 한 번 불어주세요." 경찰이 팔을 조금 더 뻗었다. 담요가 들썩였다. 주영이 음주 감지기에 입을 대고 숨을 내쉬었다. "더 세게 불어야 합니다." 그가 말했다.

그녀가 경찰의 기색을 살피며 다시 음주 감지기에 입을 댔다. 후 불려는 순간, 차 안에서 둔탁한 소음이 들렸다. 그녀가 눈만 돌려 뒷자리를 보았다. 경찰의 몸이 차 뒤쪽으로 기울었다.

"잠시 내려주시겠습니까?" 그가 창틈에서 손을 빼고 뒤로 물러섰다.

주영이 창문을 올리고 문손잡이를 잡았다. "금방 다시 올게." 그녀가 뒷자리 바닥을 향해 속삭였다. "가만히 있어."

창밖으로 마스크를 쓴 다른 경찰이 오는 것이 보였다. 검은 귀마개를 끼고 흰색 경찰모를 쓰고 있었다. 주영은 차 밖으로 나와 마스크를 쓴 경찰을 따라갔다. 등 뒤에서 차 문이 열렸다 닫히는 소리가 들렸다. 돌아보자 안경 쓴 경찰이 운전대를 잡고 있었다. 그가 뒷자리로 고개를 돌렸다.

"자, 선생님." 주영이 목소리를 따라 정면을 바라봤다. 마스크를 쓴 경찰이 노란색 음주 측정기를 내밀었다. 음주 측정기를 무는 주영의 눈앞에 뒷자리를 보던 경찰의 모습이 아른거렸다. "그만, 할 때까지 불어주세요." 마스크를 한 경찰이 말했다. 주영이 힘껏 숨을 내뱉었다. 뒤를 봤을까. 소리를 들었을까. 그녀에게는 죄가 없었다.

경찰이 음주 측정기를 들여다봤다.

"술은 안 드셨고." 경찰이 말했다. "냄새가 나는데."

"네?" 주영이 되물었다. 그녀가 자신의 바지를 내려다봤다. "제가 마신 게 아니고 상에 놓다 쏟은 건데요."

경찰이 주영을 쳐다보았다. 무전기가 울렸다. "따라오세요." 경찰이 앞서 걸었다. 주영이 그 뒤를 쫓았다. 갓길에 주차된 차는 창문이 열려 있었다. 노랫소리는 들리지 않았다. 그녀가 이마와 관자놀이에 힘을 주고 무슨 소리든 들으려 애썼다. 경찰이 들은 게 무엇이든 그녀도 들어야 했다. 그가 무엇을 보았든지…… 그녀가 마스크를 쓴 경찰을 앞질렀고 차 뒷문에 손을 얹었다.

"그냥 옷이에요." 그녀가 말했다.

"괜찮으니까 비켜주시죠." 경찰이 번거롭다는 듯 고개를 젖히고 한숨을 쉬었다. "확인만 하겠습니다."

주위의 경찰이 그들을 바라봤다. 주영이 문에서 한 걸음 물러섰고 양 팔뚝을 잡은 채로 마스크를 쓴 경찰을 지켜봤다.

경찰이 뒷문을 열고 몸을 굽혔다. 바닥에 떨어진 담요를 들치자 바지 아랫단과 신발이 환히 드러났다. 문밖의 빛은 바닥을 반도 비추지 못했지만, 가까이에서 들여다본다면 사람의 얼굴과 몸이 보일 것이다. 주영은 경찰이 볼 광경을 상상했다. 두툼한 운동용 매트가 깔린 바닥에 중년 여자가 누워 있다. 입이 봉해지고 손과 발이 묶인 그녀가 경찰을 쳐다본다. 살아 있고 정신도 온전해 보이며 구타를 당하거나 상해를 당한 흔적도 없다. 다만 무척이나 고단해 보인다. 눈 밑 다크서클이 눈동자만큼이나 진했고 남색 패딩 안에 입은 회색 티셔츠는 배 부분이 축축하고 가슴께에 작은 기름 자국이 묻어 있다. 어쩌면 입과 코를 움직이며 무엇인가를 말하려 할지도 몰랐다. 고생하십니다, 아니면 아이고 선생님, 같은 말을. 주영은 지금 여자의 입에 붙은 절연 테이프를 떼면 그녀가 무슨 말을 할지 궁금했다.

경찰이 여자의 몸에 담요를 덮고 차 밖으로 나왔다.

"옷이 아닌데요." 경찰이 중얼거렸다.

주영이 경찰을 바라봤다.

"담요네." 경찰이 목소리를 높여 덧붙였다.

차를 몰았던, 안경 쓴 경찰이 입을 벌리고 미간을 찌푸렸다. 마스크를 쓴 경찰이 그에게 눈짓하며 귀마개와 마스크를 벗었다. 안경 쓴 경찰이 입을 다물고 줄지어 선 차 쪽으로 걸어갔다.

주영이 서둘러 차에 탔고 시동을 걸었다. 경찰이 차 루프에 손을 올리고 고개를 들이밀었다.

"누구십니까?"

경찰의 얼굴이 주영의 코앞까지 다가왔다.

"어머니요."

주영이 얼떨결에 대답했다.

“왜 어머니를……” 그녀가 적당한 단어를 고르느라 잠시 머뭇거렸다. “납치하십니까?”

주위의 경찰이 그들을 바라봤다. 안경 쓴 경찰이 줄 맨 앞 승합차에 기댄, 모자를 쓰지 않은 경찰에게 달려갔다. 주영은 침이 마르고 숨이 가빠지는 것을 느꼈다. 며칠 물을 마시지 못한 것처럼 입안이 건조했다.

“혼자선 못 하니까요.” 주영이 마른 침을 삼켰다. 승합차에 기댄 경찰이 그들에게 고개를 돌렸다. 그녀는 막 걷기 시작한 아이를 보듬는 기분으로 뒷자리에 손을 뻗어 담요를 정리했다.

설이 오기 전 주영은 박영식을 마주하고 입을 열었다. 당신은 너무 오랫동안 자신의 책임을 권숙자에게 넘겼다. 그 말을 해야 했다. 권숙자는 당신의 가족을 위해 26년을 일했다.

주영이 입술을 달싹거렸다. 작게 열린 입에서는 아무 소리도 새어 나오지 않았다. 그녀는 박영식에게 그렇게 말할 수 없었다.

누가 너보고 하라니? 그렇게 답답하면 혼자 가. 남색 패딩을 걸치고 음식 쓰레기를 버리던 권숙자는 그렇게 말했다. 주영은 그녀의 목소리가 자신의 피부를 벗기고 근육을 썰어낸다고 느꼈다. 주영이 그녀의 말을 자르고 목소리를 높였다. 이 모든 것은 당신을 위한 일이다. 권숙자의 진심, 고통과 원망과 슬픔과 행복, 그 모든 것을 가장 잘 아는 사람은 주영 자신뿐이었다.

경찰이 천천히 고개를 끄덕였다.

“어디로 가려고요?” 경찰이 물었다.

“우선은 집으로요.” 주영이 대답했다.

“어디든 막힐 거예요.”

“일찍 올라가는 집이 그렇게 많아요?”

“아니, 다 같이 가는 경우는 별로 없고.”

주영이 굳은 얼굴로 경찰을 바라봤다. “그럼요?”

“오늘 제가 보내준 차만 서른 대예요.” 경찰이 소곤거렸다. “모두 어디론가 가고 있습니다. 누군가를 싣고서요.”

경찰들이 차로 다가오고 있었다. 주영이 차 루프에 손을 올린 경찰을 바라봤다. 잠시였지만 마치 오래 알고 지낸 사람과 마주한 기분이 들었다. 경찰이 차에서 손을 뗐고 주영이 차를 움직였다. 멀리 누군가 외치는 소리가 들렸다.

주영이 오디오를 틀었다. “노래 좋네.” 그녀가 룸미러를 흘깃 보며 중얼거렸다. 잦아들던 눈이 굵고 탐스럽게 쏟아졌다. 그녀가 목을 앞으로 구부리고 눈앞에 펼쳐진 길을 내다봤다. 새카만 하늘에 선 가로등 하나가 덮개를 털어내듯 불규칙적으로 깜박거렸다.

여름 창문에 부딪는 작은 날개 소리처럼, 패딩 소매가 스치는 소리가 들려왔다.

숨통

김수민은 20년 전 고래가 되었다.

부모는 그가 두 돌이 될 때까지 무엇보다 그가 건강하기를 빌었다. 2.4킬로그램의 미숙아였던 그는 기도에 응답하듯 빠르게 성장했고 여섯 살에 소아 비만 진단을 받았다.

내 가장 오래된 기억 속에 김수민은 이미 방 안에 있다. 5학년이 되어 커진 몸집에 맞게 새로 맞춘 교복이 거실에 걸려 있고 부모는 나가고 들어올 때마다 의식처럼 그의 방문을 두드렸다. 그는 대답하지 않았다. 부모가 강제로 문을 열고 그를 달래다 등을 내려쳐도 그는 벌어진 입을 다물 뿐이었다.

아직도 작은방에는 그가 사용하던 침대와 책상이 있다. 책꽂이에는 만화로 된 역사책과 위인전, 자기 계발서, 내가 고등학교 때 쓴 요약집과 오답 노트, 대학 전공 책이 뒤죽박죽 꽂혀 있다. 그 옆으로 책꽂이에 기대어놓은 청소기, 가을 겨울 옷이 담긴 플라스틱 수납 박스, 두루마리 휴지가 쌓인 비닐봉지가 보인다.

"뭐 찾아?"

문턱에 선 엄마가 입에 든 밥을 우물거린다.

"회사 에어컨 바람이 세서." 수납 박스에서 카디건을 꺼내 돌아선다. 엄마를 지나 방을 나간다. "팀장이 더위를 많이 타요."

"손수건도 둘러라." 아빠가 식탁에 앉은 채로 의자만 뒤로 기울여 소리친다.

"아니에요." 현관에 서서 손을 내젓는다.

아빠가 일어나 안방으로 걸어간다.

"늦은 거 아니야?" 엄마가 휴대폰을 확인한다.

시간을 확인하고 서둘러 집을 나선다. "다녀올게요."

"딸." 슬리퍼를 끄는 소리가 들리고 아빠가 아파트 복도로 나온다. "여름 감기 무섭다, 너."

나는 그가 내민 손수건을 받고 서둘러 엘리베이터에 탄다.

"다녀와." 그가 닫히는 문 사이로 손을 흔든다. 엘리베이터가 아래층으로 내려가고 그의 목소리가 희미하게 들려온다. "힘내라, 우리 딸."

부모는 내게 김수민이 겪은 일을 말하지 않았다. 나는 고등학교 1학년 여름, 다큐멘터리를 보고 그가 겪은 일을 알게 되었다.

그를 재연한 배우는 또래보다 키가 작은 어린아이였다. 팔다리에 비해 어깨와 흉부가 컸고 교복 상의가 솜을 집어넣은 것처럼 부풀어 있었다. 뒤에서 세번째 줄 창가에 앉은 그는 교탁에 선 선생은 아랑곳하지 않고 다리를 떨며 뒷문을 돌아봤다. 종이 울리자 그가 서둘러 교실을 나갔고 화장실로 들어가는 그를 카메라가 쫓았다. 그가 칸막이 안으로 들어가 문을 잠그고 네모난 초코 과자를 꺼냈다. 문밖에서 아이들이 키득거리는 소리가 들렸고 누군가 문을 두드렸다.

"아우, 더러워 XX."

"돼지 XX 문 열어라."

칸막이가 부서질 듯 흔들렸고 욕설을 대신한 삐 소리가 들렸다. 김수민의 재연을 맡은 배우는 몸을 웅크리고 허겁지겁 과자를 입에 넣었다. 문밖의 아이가 대걸레 옆에 놓인 붉은 고무 양동이를 집어들었다. 변기 옆에 떨어진 과자 봉지가 화면을 채웠고 철퍽 물이 쏟아지는 소리가 들렸다.

"친하게 지내는 애는 없었죠." 전신이 모자이크 처리된 그의 동창이 말했다. "말 없고 혼자 잘 노는 애? ……나중에 들으니까 그랬다고 하디라고요."

제작진은 김수민의 4학년 담임을 찾아갔지만, 그는 인터뷰를 거부했다. 3학년 담임이었다는 교사는 카메라를 등지고 정자에 앉아 말했다. "다른 친구가 말하는 걸 잘 안 들어주니까…… 아이들 사이에서 그런 게 있었던 것 같아요." 화면이 끊겼다가 다시 이어졌다. "네, 기억나요. 불러도 대답을 안 하던 애가 복도를 지나다가 선생님, 부르더니 수영을 시작했다면서…… 되게 좋아했어요." 그녀가 웃었다. "새로운 반에서 다시 시작하는 거니까…… 어쩌면 저 애가 바뀔 수 있겠다……"

카메라가 아이들이 있는 수영장을 비췄고 이어 재연 배우를 사이에 두고 상담실에 앉은 부모를 찍었다. 부모 역을 맡은 연기자들이 아이의 손을 잡고 코치 쪽으로 몸을 기울였다.

"유연성이 좋고 폐활량도 좋으니까." 코치의 얼굴은 모자에 가려 어두웠다. "살을 좀 빼면 충분히 가능성 있습니다."

김수민은 살을 빼는 조건으로 초중생으로 구성된 서울의 한 클럽 팀에 들어갔다.

"수영이 좋냐. 네, 좋아요. 그럼 최선을 다해봐야지. 네. 대답은 그렇게 해요." 모자이크된 김수민의 전 코치가 손을 내저었다. "앞에서는 알겠다 하고 돌아서면 저 마음대로…… 그건 정신력 문제다…… 재능만 믿고 열심히 하질 않는 거예요."

재연 배우가 수영복에 티셔츠를 입고 수영장 물을 내려다봤다. 레일 앞에 선 코치가 들어가라며 그를 다그쳤다. 물속에 선 아이들이 그를 쳐다봤고 또래 몇 명이 그를 보며 키득거렸다. 돼지 XX. 웅성대는 소리가 점점 커졌다. 배우가 망설이다 티셔츠를 벗었고 느리게 물속으로 들어갔다.

레일 맨 앞에 대기하던 아이가 기다렸다는 듯 물속에 머리를 넣고 수영을 시작했다.

"10초, 각자 기록 확인해." 두번째 아이가 출발하자 코치가 벽에 걸린 전자시계를 가리키며 소리쳤다. 앞선 아이가 수면 위로 올라와 자유형을 시작했다.

재연 배우도 자신의 순서가 오자 물속에 몸을 완전히 담그고 잠영으로 나아갔다. 또래 아이가 그를 쫓았다. "허이!" 코치가 소리쳤다. 재연 배우가 수면 위로 몸을 내밀었다. 빠르게 손을 저었고 발을 찼다. 턴을 하고 다시 잠영을 시작했다. 다시 물 밖에 나온 그의 팔과 다리가 점점 느려졌다. 그가 힘없이 팔을 들어 올렸다가 던지듯 물속으로 뻗었다. 뒤따르던 아이가 그를 따라잡았다. "제대로 안 할 거면 빠져! 방해 말고." 코치가 말했다.

재연 배우가 몸에 힘을 주더니 수영장 깊이 잠수했다. 볼록한 배가 바닥에 닿자 떠오르지 않으려 팔다리를 버둥거렸다. 뒤따르던 아이가 놀라 그 앞에 멈춰 섰다. "계속 가!" 코치의 말이 들렸다. 아이가 재연 배우를 제치고 코치에게로 나아갔다. 다른 아이들도 수영을 계속했다. 김수민을 맡은 배우는 여전히 물속에 있었다. 마지막으로 출발한 아이가 그가 웅크린 곳을 지나 아이들이 모여 선 출발선으로 헤엄쳐왔다. 재연 배우가 잠수한 자리에서 커다란 공기 방울이 솟아올랐다. "김수민!" 코치가 그의 이름을 외쳤다. 출발선에 도착한 마지막 아이가 코치의 목소리에 고개를 들었고 그와 동시에 코치가 물속으로 뛰어들었다.

"의식을 잃을 때까지 숨을 참았다고 하더라고요." 거실 소파에 앉은 엄마가 말했다. 나란히 앉은 아빠가 고개를 젖히고 눈을 깜빡였다. "병원에서 무리하면 안 된다, 그렇게 말해서 며칠 집에서 쉬라고 했어요. 근데 그게 계기가 된 거죠."

그들이 거실에서 카메라를 보고 이야기할 때 나는 방 안에 있었다.

"따님에게도 여쭤볼 게 있는데요." 인터뷰 전, 부모가 나를 방으로 들여보내려 하자 제작진이 말했다.

"네, 아까 들었어요." 아빠가 대답했다. "애가 고1인데," 그가 내 어깨를 감싸고 나를 방 안으로 살짝 밀어 넣었다. 닫히는 문 사이로 그의 목소리가 들렸다. "충격을 받진 않을까 걱정돼서요."

4월의 반이 지났는데 기온이 하루 만에 영하로 떨어진 날이었다. 보일러를 튼 집은 평소보다 조금 더웠다. 나는 외투를 벗고 의자에 앉아 부모의 목소리에 귀 기울였다. 목소리는 낮고 부드러웠다. 책상에 문제집을 펼쳐 놓고 침대에 누워 눈을 감았다. 누군가 나에 대해 물으면 부모는 뭐라고 대답할까. 발밑에 둔 이불이 양말에 닿아 서벅거렸다.

사람들을 밀고 지하철 안으로 들어간다. 매일 오르는 출근길이 새롭다. 노란 리넨 셔츠를 입은 여자가 휴대폰을 머리 위로 들어 올려 화면을 확인하고 전화를 받는다. 이어폰 밖으로 상대방의 목소리가 웅웅거린다. "예, 대표님." 그녀가 손으로 입을 막고 고개를 조금씩 숙이며 대답한다. "색이 바뀌어서 다시 맞춰봐야 할 것 같아요…… 제가…… 죄송합니다." 문가에 기댄 학생은 손바닥만 한 단어장을 들고 입속말을 중얼거린다.

자리에 앉은 사람들과 그들이 입은 반팔 셔츠, 카디건, 티셔츠를 살핀다. 다들 어디로 가는 걸까. 아직도 통화 중인 여자와 단어장을 넘기는 학생을 바라본다. 왜 그곳에 가고 있을까. 환승할 역이 다가오고 문이 열린다. 사람들과 함께 지하철 밖으로 떠밀려 나간다. 사람들은 각자의 출구로 걸어가고 나는 표지판을 따라 고개를 돌리며 무작정 발을 움직인다. 이번에도 나는 생각을 끝내지 못한다.

김수민은 열네 살에 수중 학습 참가자를 모집한다는 광고를 보았다. 그는 부모의 서명을 위조하여 신청서를 제출했고 신체검사 이후 합격 통보를 받았다. 부모는 그가 드디어 마음을 잡고 초졸 검정고시를 준비한다고 믿었다. 뒤늦게 서명 위조를 확인한 연구소 직원들이 집으로 찾아왔고 부모는 그제야 사실을 알았다.

"아드님은 우리나라 해양 과학에 큰 발전을 가져올 위인입니다." 책임 연구원이라고 자신을 소개한 동그란 단발머리의 여자가 말했다. "수민 군은 굉장히 희귀한…… 거의 독보적인 존재예요." 그녀를 따라온 사람들이 말을 덧붙였다. "우리나라, 아니 전 세계에 이런 경우는 없을 겁니다."

연구원들의 말을 듣던 부모가 나를 방으로 들여보냈다. 초등학생이던 나는 그들이 오기 전 쓰고 있던 독후감에 두어 문장을 더 붙이고 영어 학원 문제집을 꺼냈다. 입속말로 여러 번 문제를 읽어도 내용이 머리에 들어오지 않았다. 밖에서 일어나는 일이 궁금했지만, 자기 전에 수학 문제집까지 보려면 시간이 없었다. 나는 문제에 밑줄을 긋고 동그라미를 그리며 거실에서 들리는 소리가 멈추기를 기다렸다. 의자 끄는 소리와 발소리가 크게 울려 흩어졌다. 현관문이 열렸다 닫히고 집 안이 조용해졌다. 내 방과 마주한 김수민의 방문이 소리를 내며 닫혔다. 쿵쿵대는 소리가 들렸고 부모가 그의 이름을 불렀다. 나는 수학 문제집을 펼쳤다. "내버려

두라고!" 김수민이 소리쳤다. 부모가 문을 두드리며 그를 다그쳤다. 발소리가 멀어지다 다시 가까워지더니 아빠가 윽박지르는 소리가 들렸다. 김수민의 방문이 열리고 그가 들숨을 껵껵대며 무어라 말했다. 거실 바닥에 크고 무거운 것이 부딪치는 소리가 났다. 나는 책상에서 일어나 발끝을 들고 문가로 다가갔다. 눈과 귀를 번갈아 대며 그들을 보고 소리를 들으려 애썼다.

"싫다고 했잖아." 김수민이 말했다. 울먹이는 것 같았다.

손잡이를 잡고 소리가 나지 않게 문을 열었다. 거실 바닥에 주저앉은 김수민과 한 걸음 떨어진 곳에서 그를 내려다보는 아빠가 보였다.

"그래도 해봐야지." 부엌 의자에 앉은 엄마가 말했다. "너 이대로 그만두면 초졸도 아닌 거야."

"그게 무슨 상관이야. 바다에서 살 건데." 김수민의 눈이 엄마를 지나 내게 닿는 것 같았다.

"너 그렇게 쉽게 포기할 거야?" 아빠의 목소리가 들렸다. "남보다 열심히 해도 먹고살기 힘든 세상이야."

"어쩌라고." 김수민이 덤벼들었다.

발소리가 가까워왔다. 나는 뒤로 물러나 문을 닫았다. 부모가 소리를 높여 그의 이름을 불렀다. "너 그냥 도망치는 거야."

방문이 열리는 소리가 났다.

"근데 뭐?" 김수민이 물었다.

그의 방문이 닫혔다. 부모는 그를 쫓아 문을 열지 않았다. 그들의 대화 소리가 이어졌다. 나는 작게 숨을 내쉬었고 다시 책상에 앉았다.

한 시간 뒤 아빠가 들어와 책상에 앉은 나를 안았다. 아빠는 한참 동안 말없이 나를 안고 있다가 수학 문제집 답안을 채점하고 거실로 나갔다. 늦은 저녁에는 엄마가 침대에 누운 내 앞머리를 쓸어 넘기고 이불을 반듯하게 덮어주었다. 그날 나는 그들에게 사랑한다는 말을 들었다.

다큐멘터리에서 부모는 말했다. "쉽지 않았죠. 부모로서 그런 결정을 하는 게…… 그래도 제 능력으로 사회에 도움이 되고 싶다고 하니까 그러면 네가 하고 싶은 대로 해보자……"

나는 대학교 마지막 학기부터 4년간 취업을 준비했다. 인턴으로 일한 1년을 제외하면 취업 스터디 말고는 다른 사람을 만나거나 집 밖에 나가지 않았다. 그렇게 원하던 회사에 들어간 첫 달, 무엇인가 잘못되었다고 생각했다. 2년만 버텨봐. 주변 사람들은 하나같이 말했다. 그만한 곳 없어. 올해로 나는 3년 차가 되었다. 회사는 올해 신입사원을 뽑지 않기로 했다. 매년 나오던 보너스가 없을 거라는 소문이 돌았다. 이렇게 힘든 시기에 공기업에 있으니 얼마나 다행이니. 부모는 말했다.

지하철에서 내려 고속버스 터미널로 들어간다. 프랜차이즈 카페와 음식점, 편의점, 나가는 문이 늘어서 있다. 몇 번 플랫폼으로 가야 하더라. 나는 티켓을 들여다보고 이해하려 애쓴다.

김수민이 최고의 실험체였던 이유는 아이러니하게도 복부를 둘러싼 살과 큰 흉부 때문이었다. "두꺼운 피하 지방, 큰 폐와 폐활량, 높은 미오글로빈 수치, 낮은 골밀도를 보면 마치 이 실험을 위해 태어난 아이처럼 느껴진다." 책임 연구원의 말이 여러 신문과 방송에서 인용되었다. 김수민은 2년 동안 세 차례 수술을 받았고 열여섯 살 봄, 포근한 바람이 부는 날에 포항 구룡포에서 바다로 들어갔다.

무대는 광장 한쪽 끝에 있었다. 단이 낮은, 학교 구령대만 한 무대였는데 스피커와 수조를 놓아 더 좁게 느껴졌다. 무대 앞 빨간 플라스틱 의자에 연구소장, 시장과 국회의원, 카메라를 든 기자들이 앉았다. 의자가 놓이지 않은 곳에도 사람들이 들어찼고 광장을 따라 세워진 차가 점점 늘어났다.

나는 부모 옆에 앉아 흰 천이 덮인 수조를 지켜보았다. 바람에 천이 조금씩 들썩이다 다시 늘어졌다. 기업 대표라는 남자가 오자 행사가 시작되었고 짧은 안내에 이어 연구소장이 마이크를 잡았다. 연구에 힘을 보탰다는 시장과 국회의

원, 마지막으로 기업 대표가 소감을 전했다.

광장 옆에 세워진 차와 부두에 정박한 배 너머로 먼바다가 보였다. 해를 가린 구름이 눈부셨고 회청색 바다는 잔잔했다. 시력만 좋다면 멀리 떠가는 배나 고래도 보일 것 같았다. 어느새 무대에는 동그란 머리의 책임 연구원이 서 있었다. 그녀가 잠시 말을 멈추더니 마이크 스탠드를 위로 잡아당겼다. 스탠드는 더 길어지지 않았고 그녀가 허리를 굽힌 채 말을 이었다.

"가족을 비롯한 많은 분이 걱정해주셨는데요. 몸 안에 GPS 칩을 넣었기 때문에 실시간 위치 파악이 가능합니다. 한 달을 적응 기간으로 두고 이상이 없는지 매일 검진할 예정이고요. 그 안에 어떤 문제라도 발생하면 실험을 중단하고 수민 군을 연구소로 옮길 겁니다." 그녀가 확신에 찬 얼굴로 고개를 끄덕였다. "모든 과정에서 수민 군의 안전을 최우선으로 하겠습니다."

그녀가 수조에 덮인 천을 거두며 김수민을 소개했다. 수조에 든 김수민이 커다란 눈동자를 움직이더니 입을 닫은 채로 안녕하세요, 같은 소리를 냈다. 웅성거리던 사람들이 사회자를 따라 환호하며 손뼉을 쳤다. 그가 꼬리를 흔들자 물이 수조 밖으로 튀어 올랐다. 나는 익숙해진 그의 몸을 새삼스레 바라보았다. 머리, 등, 꼬리지느러미를 비롯한 몸 대부분이 검은 무늬로 덮였고 턱과 배에만 본래의 살갗이 남아 있었다. 볼록 튀어나온 이마, 더욱 커진 흉부와 배는 고래보다는 등지느러미가 달린 물범이 엎드린 것처럼 보였다. 팔을 따라 길게 난 지느러미와 손가락 사이의 물갈퀴가 그의 움직임에 따라 펄럭였다.

부모가 무대로 나가 그가 준비해둔 소감문을 읽었다. 행사가 끝나자 귀빈들이 한 명씩 서서 그와 사진을 찍었고 마지막으로 부모와 내가 그 옆에 섰다. 김수민이 목을 돌려 나를 쳐다봤다. 그가 그르륵거린 뒤 까가각하는 소리를 냈다. 나는 고개를 들어 그가 뒤통수로 내뱉은 수증기가 물방울이 되어 떨어지는 모습을 바라보았다.

"곧 있으면 오빠가 바다로 들어가는데 기분이 어때요?"

무대를 내려오는 내게 검은 티셔츠를 입은 기자가 물었다.

김수민은 두번째 수술을 받을 때까지 후원 기업의 병원에 있었다. 나는 학원이 끝나면 병실로 가 회복 중인 그 옆에서 숙제를 하며 시간을 보냈다. 맞벌이하는 부모를 대신해 내가 김수민의 간병인이 되었고 그는 내 시터가 되었다. 그가 병원에 머문 열 달 동안 우리는 처음으로 마주 보며 대화를 나눴고 별다른 문제가 없는, 화목하게 자란 남매처럼 행동했다. 그는 통증이 심하지 않은 날이면 내 숙제를 도와주기도 했는데 문틈으로 소리를 지르던 기억과 다르게 차분하고 조심스러워 보였다.

"너 2학년 아니냐?" 내가 그의 턱 아래 갖다 댄 문제집을 보며 그가 물었다. "나 이거 4학년 때 했는데."

"B반은 다 이거 해."

"어렵지 않아?"

나는 문제집을 그의 가슴에 내려놓고 병실 소파에 앉았다. "그래야 늘어."

그가 고개를 돌려 나를 바라봤다.

"하기 싫으면 하지 마. 그래도 돼." 그가 말했다.

그는 항구에서 십여 킬로미터 떨어진 곳에서 바다로 들어갔다. 몸이 뒤집힌 채로 바다에 빠지자 팔과 꼬리를 움직여 몸을 돌렸고 곧바로 물속으로 들어가는가 싶더니 배를 맴돌며 얕은 잠수를 반복했다. 물 밖으로 그의 머리와 등이 조금씩 보이다 사라졌다.

햇빛을 받아 하얗게 빛나는 그의 등을 바라보다 부모의 얼굴을 쳐다보았다. 부모의 눈이 김수민을 따라 움직였다. 광장에서 웅성대던 사람들의 목소리가 떠올랐다. 어쩌다가 저렇게 됐대? 어린애가. 머리가 그렇게 좋대. 머리가 좋았으면 다른 거 했겠지. 부모가 돈이 필요했던 거 아니야? 바닷바람에 눈을 깜빡이던 아빠가 깊은숨을 내쉬었다. 엄마가 내 머리를 감싸 품에 안았다.

김수민이 멀어지면서 파도와 그를 분간하기가 점점 어려워졌다. 이따금 솟아오르는 물줄기와 퍼지는 물보라로 위치를 가늠하며 눈으로 그를 좇았다. 사람들은 물줄기가 보이지 않을 때까지 그를 지켜봤다. 나를 감싼 부모의 손을 내려다보며, 나는 그가 비겁하다고 생각했다.

항구가 가까워지자 바다를 따라 난 빛바랜 벽화가 보인다. 귀엽게 그려진 김수민이 바다거북과 고래 사이에서 헤엄친다. 벽화는 세 블록쯤 이어지다가 연노란 페인트로 덮이고 이내 아이들이 뛰노는 그림으로 바뀐다. 엊그제 칠한 듯 반짝이는 파스텔색 페인트를 보다 팔에 닿는 에어컨 바람을 느낀다. 카디건을 꺼내 입고 아빠가 준 손수건을 목에 둘러맨다. 갑작스럽게 든 한기는 바로 사라지지 않는다. 목을 움츠리고 창문으로 들어오는 햇빛에 손바닥을 갖다 댄다.

김수민의 몸에 심은 GPS 칩은 6년이 지나 알래스카 앵커리지에 있는 킨케이드 해변에서 발견되었다. 연구 실적을 기대한 만큼 거두지 못한 연구소 측에서 김수민에게 드는 비용을 줄이기 위해 그를 처리한 게 아니냐는 유언비어가 돌았다. 연구소는 이를 부인했지만 몇 개월 뒤 기다렸다는 듯 이름을 바꾸고 다른 사업을 시작했다.

다큐멘터리 제작진은 그 전해 연구소를 떠나 미국 매사추

세츠에 있는 해양 연구소에 들어간 전 책임 연구원을 찾아갔다. 여전히 둥근 단발머리를 한 여자는 제작진의 질문에 고개를 저었다.

“실제는 정반대라고 봐야죠.” 그녀가 말했다. “수민 군은 이미 4년 차부터 약속한 장소에 나오질 않았어요. 열 번 시도하면 겨우 한두 번이었죠. 그렇게 해도 저희가 할 수 있는 게 없으니까…… 당시 기록을 보면, 최근 것도 그럴 텐데요. 수민 군이 바다에 적응을 아주 잘하고 있어요. 저는 오히려 수민 군이 연구소와 관계를 끊고 싶었던 게 아닌가 생각합니다.”

바뀐 장면에서 그녀는 발견 당시 찍힌 GPS 칩 사진을 손가락으로 짚었다. “만약에 수민 군의 사체에서 떨어져 나왔다면 몇 개월 만에 이렇게 칩만 발견되기는 어렵거든요…… 스스로 어떤 과정을 거쳐 빼지 않았을까 추측합니다.”

“연구소에서 수민 군의 생사를 확인하지 않고 있잖아요.” 제작진의 목소리와 함께 화면에 자막이 나타났다. “어떻게든 찾아야 하는 거 아닌가요?”

“계약상 의무는 없어요.” 그녀가 말했다. “수민 군이 지난 2, 3년간 연구에 성실하게 응하지 않았고 어떻게 보면 계약을 일방적으로 파기한 상황이니까……”

“그래도 연구소 입장에서는 살아 있는 걸 보여주는 게 좋지 않나요?"

"비용 문제죠. GPS 칩이 없는 상태에서 수민 군을 찾으려면 시간과 돈이 많이 드니까요."

김수민은 과연 죽었을까. 다큐멘터리는 환히 웃는 그의 어린 시절 사진을 화면에 띄웠다. 이어 그가 바다로 들어가던 날의 영상이 나왔다.

화면 가득 그의 얼굴이 보였고 그르륵하는 울음소리가 들려왔다. 붉은빛이 도는 그의 검은 눈동자가 움직였다. 화면이 확대되고 수조 옆에 몸을 기울인 내가 보였다. 하늘을 보는 내 얼굴 위로 흰 물방울이 느리게 떨어져 내렸다.

"힘이 들어서 그렇지 비강 내 압력과 근육을 쓰면 사람의 언어로 소통하는 데는 문제가 없어요." 전 책임 연구원이 미간을 찌푸리며 말했다. "굳이 울음소리를 냈다면 그런 마음이었을 수 있겠죠. 특정한 사람만 알아듣길 바라는."

다큐멘터리 제작진이 집에 온 날, 학원에서 돌아온 나는 열린 현관문 너머로 낯선 사람들을 보았다. 거실에는 카메라가 있었고 사람들은 부모와 함께 거실과 김수민의 방을 오가며 무언가를 상의했다. 부모가 거실에서 인터뷰하는 동안 나는 침대에 누워 그들을 기다렸다. 교복을 입은 채로, 참을성 있게. 어수선한 소리가 났고 문이 열렸다. 나는 그들이 가리키는 대로 카메라를 등지고 김수민의 방으로 들어갔다.

6년 넘게 주인이 없는 방에서 김수민의 흔적을 찾아 서랍과 책꽂이를 뒤적였다. 책꽂이에 꽂힌 중학교 교과서와 참고서를 쓸다가 파란 책등에 손이 닿았다. 책을 꺼내자 먼지가 일었다. 바닷물고기가 그려진 책 표지의 반이 먼지로 부옜다.

"도감이네요?" 모자를 쓴 남자가 책상에 손을 짚으며 물었다. "오빠가 읽던 거예요?"

남자가 손을 얹은 책상에서 턱을 괴고 책을 들여다보던 김수민을 떠올렸다. 나는 내 방 문틈에 눈을 대고 그를 내다보고 있었다. 학원 차가 올 시간은 지났고 30분만 더 버티면 학원에 가기에는 너무 늦은 시간이 됐다. 부모에게 전화가 오면 받지 않다가 뒤늦게 깜박 잠이 들었다고 말할 작정이었다.

나는 책을 읽는 김수민의 옆얼굴을 살폈다. 부모가 바다로 들어가는 일을 허락한 뒤 그는 자주 방문을 열었고 부모와 대화를 나눴다. 어쩌면 이제 부모는 그에게 전화를 걸어 동생을 깨우라고 말할지도 몰랐다.

부풀어 오른 반죽 같은 볼이 씰룩였다. 그의 입이 벌어지고 눈동자는 책을 향한 채 움직이지 않았다. 그가 천천히 머리를 숙여 눈을 책 가까이 대더니 기지개를 켜듯 오른팔을 뻗었다. 그가 팔베개를 하고 눕자 문틈으로 그의 온 얼굴이 보였다. 그가 눈동자만 돌려 책에 그려진 물고기를 보았다. 그러다 살며시 눈을 감았다 뜨고 웃음 지었다.

나는 문틈에서 눈을 떼고 물러섰다. 눈이 침침해져 불 꺼진 방이 제대로 보이지 않았다. 소리가 나지 않도록 문을 닫았다. 의자에 앉자 몸이 바닥으로 내려앉는 기분이 들었다. 몸에 담긴 물이 모두 발 아래로 떨어지는 것 같았다. 뭐가 저렇게 좋을까. 발에 고인 물이 배수구로 빨려 들어가는 소용돌이처럼 휘돌다 사라졌다. 책상에 놓인 필통, 영어 프린트와 문제집, 지퍼가 열린 가방이 눈에 들어왔다. 짐을 싸려고 가방을 들었는데 무엇부터 집어야 할지 확신이 서지 않았다. 나는 가방을 쥐고 시간이 지나기를 기다렸다.

김수민이 바다로 들어간 뒤 연구소에 있던 짐이 집으로 배달되었다. 부모 몰래 도감을 챙겨 방으로 들어갔다. 동해, 수심과 수온, 해조류, 물고기, 고래…… 책을 들여다보던 그의 얼굴을 생각했다. 그가 보던 물고기들은 흰 바탕에 늘어선 그림에 불과했다.

불을 끄고 창문으로 들어오는 빛에 도감을 비춰보았다. 빛과 부유물 사이로 헤엄치는 물고기들. 김수민은 이런 풍경을 보고 있을까. 나는 창가에 선 채로 책을 읽어 내려갔다.

책에서 빠진 종잇조각이 모자를 쓴 남자 앞에 떨어졌다. 그가 종이를 주워들자 손바닥만 한 종이가 힘없이 그의 손등으로 늘어졌다.

“이 사진도 수민 군 거예요?” 남자가 문턱에 선 부모와 책꽂이 앞에 선 나를 번갈아 바라보았다.

“아니요.” 내가 대답했다. “그건 오빠가 들어간 다음에 끼워놓은 거예요.”

중학생이 될 때까지 나는 눈을 감거나 천장을 보는 일처럼 김수민의 도감을 꺼내 들었다. 책을 펴지 않아도 수십 마리의 물고기가 머릿속에 그려질 때쯤 중학교에 들어갔고 학원을 더 늘렸다. 그즈음 도감 읽는 일을 그만두었다.

사진은 두꺼운 회색 영어 문법책에 실려 있었다. 8장과 9장 사이, 빈 종이에 인쇄된 흑백사진이었다. 바다에 가라앉은 군함이 사진의 반을 채웠고 군함 아래 무릎을 꿇고 앉은 다이버가 보였다. 군함에 비하면 다이버는 너무 작아 얼굴과 팔의 형체도 제대로 보이지 않았다.

사진을 처음 보았을 때 나는 고개를 숙여 눈을 가까이 대거나 웃지 않았다. 그러나 먼지 같은 부유물이 쌓인 군함과 작은 다이버에게서 눈을 떼지 못했다. 사진을 오려 책상 앞에 붙였다. 몇 년이 지나 바닥에서 구겨진 사진을 발견한 뒤에는 찢어진 곳을 테이프로 붙여 도감에 끼워 넣었다.

제작진과 문턱에 선 부모가 대답 없이 나를 바라보았다. 모자를 쓴 남자가 입을 열었다 다물었다.

"한참 있다가요." 잠긴 내 목소리가 갈라졌다. 괜한 오해를 피하려고 목을 가다듬었다.

"오빠랑 사이가 각별했던 것 같은데……" 모자를 쓴 남자가 태블릿을 꺼내 들었다. 태블릿에서 김수민의 영상이 흘러나왔다. 남자는 김수민이 내게 고개를 돌리는 부분에서 영상을 멈췄다.

"여기," 그가 김수민의 얼굴을 확대했다. "이때 오빠가 뭐라고 말했는지 기억나요?"

"저한테요?" 나는 눈을 가늘게 뜨고 화면을 들여다봤다.

"네."

"저한테 얘기한 게 맞아요?"

모자를 쓴 남자가 김수민이 담긴 태블릿을 든 채로 나를 쳐다보았다.

다큐멘터리에는 내 마지막 대답 대신 거실에 앉은 부모의 영상이 나왔다.

"마지막 인사를 했나 싶어서……" 태블릿을 쥔 엄마의 손가락이 화면을 채웠고 아빠의 한숨 소리가 들렸다.

수민 군은 정말 일방적으로 연락을 끊은 걸까요? 바다에 남기 위해 가족과 사회로부터 등을 돌렸을까요? 내레이션이 이어지고 고래 언어의 권위자라는 교수가 나왔다.

"확신할 순 없지만," 그가 말했다. "향유고래가 하는 의사

소통 방식 중에서…… 방향과 거리를 이야기하는 소리와 유사한 것으로 보입니다."

"다시 돌아온다고 말하는 걸까요?" 제작진이 물었다.

"그렇게 생각할 수도 있겠죠." 교수가 말했다.

화면이 어두워지고 그르륵대고 까가각거리는 김수민의 울음소리가 울리며 다큐멘터리는 끝났다.

방송이 나가고 한동안 나는 부모와 주변 사람들에게 질문을 받아야 했다.

"그래도 너한테는 말하지 않았어?"

나한테는? 나도 모르게 숨을 참았다가 크게 들이마셨다. 내가 누군데? 그가 처음으로 내게 귀 기울였을 때 그는 이미 바다로 갈 날을 이야기하고 있었다.

그가 바다로 간 뒤에도 나는 학교에 갔고 중고등학교를 거쳐 수능을 봤다. 대학생이 된 뒤에는 갑작스러운 자유도 얻었다. 매일 열네 시간을 앉아 있어야 할 의무는 사라졌지만, 그만큼 책임이 뒤따른다는 말을 들었다. 하루 사이에 공부가 아닌 다른 것들이 중요해졌다. 적어도 고등학교 3년 동안은 시간 낭비라고 들은 일들이었다. 다양한 사람과 시간을 보냈다. 쏨뱅이처럼 입이 크고 움직임이 굼뜬 사람, 경계하는 데 과한 에너지를 쓰는 가시복 같은 사람, 쥐치, 볼락, 베도라치……

김수민과 비슷한 사람도 있었다. 남들이 아가미로 숨을 쉬며 나아갈 때 콧구멍으로 수증기를 뿜어대는 사람들. 당장의 삶에 사로잡혀 가족이나 미래는 생각지 않는 포유류들. 그들 중 다수는 졸업할 때가 되어서야 현실로 돌아와 모자란 학점을 메웠고 몇 명은 허무할 정도로 쉽게 원하는 바를 이뤄 떠났다.

취업 준비 끝에 공기업에 입사했을 때 나는 안도했고 과거의 나를 자랑스러워했다. 그러나 때로 나도 모르게 숨을 멈출 때가 있었다. 숨을 들이쉬고 내쉴 때마다 수를 세는 버릇이 생겼다. 사무실에 남은 공기를 한 번, 두 번, 세 번, 조금씩 먹어 치웠다. 기도로 들어오는 공기의 양이 줄어드는 듯해 참기 어려워지면 화장실로 향했다. 가장 끝에 있는 칸에 들어가 휴대폰을 봤고 당장 웃거나 슬퍼하며 몰입할 수 있는 이야기를 찾았다.

이틀 전에도 나는 그곳에 있었다. 자극적인 제목이 적힌 기사를 클릭하고 스크롤을 내렸지만, 글자가 번져 보이지 않았다. 숨이 찼고 눈앞이 흐릿했다. 오래전 읽은 내용을 떠올렸다. 아가미가 달린 물고기는 물에 녹아 있는 산소를 흡입한다. 물 밖에서 입을 뻐끔거리면 필요한 산소를 반도 얻지 못한다.

산소를 반도 마시지 못하니까. 말도 안 되지만 그게 이유라는 생각이 들었다. 뒤통수에 달린 숨구멍이 없으니까……

휴대폰 화면을 끄고 눈을 감았다. 숨을 길게 들이쉬고 내쉬자 혀 안에 고인 침이 느껴졌다. 허벅지와 발목 주변에 저릿한 감각이 돌아왔다.

칸막이 밖으로 나와 수도꼭지를 틀고 손을 넣었다. 손바닥 안으로 미지근한 물이 흘러내렸다. 머리를 숙인 채 눈을 치켜떠 정수리를 살폈다. 김수민은 어떻게 알았을까. 자신의 숨통이 어디인지를.

연구원이 붕대를 떼자 김수민의 미끈한 뒤통수가 드러났다. 그가 병실 침대에 앉아 손거울을 보며 이마를 긁적였다. 아홉 살의 내게 세워진 침대는 조금 높아서 그의 뒤통수를 살피려면 발꿈치를 들고 종종거려야 했다.

"그거는 뭐야?" 내가 물었다.

그가 눈을 껌벅이더니 거울에 비친 뒷머리를 보려 고개를 숙였다. "이거? 분수공."

"그게 뭔데?"

"새 콧구멍 같은 거야."

"코?"

내가 키득거리자 그가 맥없이 웃었다. "숨 쉬는 걸 새로 배워야 돼."

나는 침대 틀에 발을 대고 45도로 기운 등받이에 매달렸다. 침대가 반대쪽으로 조금 밀렸고 그의 새 콧구멍이 닫힐 듯 작아졌다 다시 벌어졌다.

“폐로 들어간 숨을 다 쓰면 근육이랑 혈관에 있는 산소를 쓸 거거든. 바다에서 지내려면 새 콧구멍이 필요해.”

나는 그가 한 말을 이해하려 애썼다. 그는 내가 알아들을 수 있도록 말을 바꿔가며 여러 번 이야기했다. “몸에 있는 산소를 다 쓸 때까지 물속을 돌아다닐 거야.”

“산소가 뭔데?” 내가 물었다.

“그러니까……” 그가 뒷머리에 난 콧구멍으로 숨을 내쉬었다. 얼굴에 따뜻한 김이 닿았다. “가고 싶은 대로 갈 거라고. 질릴 때까지.”

나는 등받이를 잡은 손을 놓고 병실 바닥에 주저앉았다.

“뭐가 나왔어.”

“괜찮아.” 그가 힘없이 입을 벌리며 웃었다. “무서운 거 아니고 살아 있다, 하는 거야. 잘 있다고.”

광장을 지나 항구가 내려다보이는 공원으로 향한다. 계단을 반 정도 오르자 금세 숨이 가빠온다. 땀이 흐르고 몸이 열기로 가득 찬다. 카디건을 벗고 목에 두른 손수건을 풀어 손에 든다.

“네 오빠를 봐라. 마음이 약해서.” 부모는 자주 말했다. “조금만 더 해봤으면 너처럼 좋은 데 들어가서 맘 편히 살 수 있지 않았겠니? 그 영특한 애가."

바다로 들어가는 날 김수민은 긴 숨을 내뿜었고 나를 쳐다보았다. 하늘에 생긴 물줄기가 사람들 사이로 안개처럼 흘러내렸다.

살아 있다, 하는 거야. 잘 있다고.

바다를 보는 아이의 동상을 지나 공원에 들어선다. 지역 이름에 얽힌 설화에 따르면 이곳에서 열 마리의 용이 하늘에 올랐고 그중 한 마리가 떨어졌다. 바다를 향한 울타리 앞에 아홉 마리 용을 깎아놓은 조각상이 몸을 맞대고 있다.

괜찮아.

바다를 내려다본다. 언덕 아래로 20년 전 현수막이 걸렸던 작은 무대, 방파제, 항구와 등대, 먼바다가 눈에 들어온다. 내리쬐는 해에 뒤통수가 뜨겁고 목과 등에서 땀이 흘러내린다. 손수건으로 목을 닦는다. 습기와 소금 냄새가 섞인 바람에 땀이 조금 식는다. 젖은 손수건을 펴 들고 울타리로 한 걸음 더 다가선다. 물줄기와 둥글고 검은 형체를 찾아 바다를 훑는다. 파도에 반사된 빛이 솟아오르다 떨어지는 물방울처럼 흔들린다.

입안에 남은 침을 삼키며 생각한다. 이제 무엇을 해야 할까. 하루가 지날 때까지 아직 시간이 많이 남아 있다.

나는 울타리에 기대 생각을 시작한다.

파도를 보는 일

아빠가 몸을 일으키는 소리가 들렸다.

일어나, 아침 먹자.

조문실 구석으로 돌아누워 팔다리를 오므렸다. 요 며칠 제대로 잠든 적이 없었다. 불 꺼진 원룸에 누워 흐린 손을 펼쳐볼 때면 오늘의 일과 내일 일어날 일들에 숨이 막혔다.

아빠가 할머니 얘기를 하면 나는 늘 그 핑계를 댔다. 요새 통 잠을 못 자서 피곤해. 회사 갔다 오면 그대로 방전이야. 미간과 눈꺼풀을 긁다가 눈을 떴다. 포개어진 국화 아래 초와 향로가 보였다.

분향대에 놓인 사진을 바라봤다. 단정한 머리와 한복이 할머니와 영 어울리지 않았다. 할머니는 조금 더…… 나는 할머니가 즐겨 입던 옥색 블라우스며 대추색 바지를 떠올리다 할머니가 그 옷을 입고 사진을 다시 찍을 수 없다는 사실을 깨달았다. 눈을 감고 고개를 돌렸다.

귓가에 할머니의 목소리가 들렸다.

"그러지 말고 바람이나 쐬러 가자."

방바닥에 누운 채 눈만 돌려 할머니를 바라봤다. 초등학생이 되고 두번째로 맞는 봄방학이었다. 나는 마지못해 할머니를 따라나섰고 해가 떠오를 때쯤 버스에 탔다. 내 손에는 일회용 필름 카메라와 케첩이 든 채소 맛 과자가 들려 있었다. 우리는 양철 지붕을 올린 작은 시외버스터미널에 내렸고 40분을 기다려 리조트로 가는 버스에 올랐다.

한낮이었다. 창으로 들어오는 햇빛에 허벅지와 손등이 따뜻했다.

"커다란 리조트에 바다가 붙어 있단다." 할머니가 말했다. "찍어서 네 아빠 보여주면 좋아할 거야."

버스가 길게 뻗은 논 사이를 달렸다. 벼를 잘라낸 밑동이 늘어서 있었고 검게 탄 곳도 보였다. 창문을 열고 버스 바퀴와 논길을 내려다봤다. 차가운 바람이 들어와 눈을 뜨기 어려웠다. 엄마와 아빠는 바다를 좋아했다. 지금은 내 원룸에 놓인, 바다를 배경으로 엄마 아빠가 찍은 사진은 그때만 해도 우리 가족이 살던 집 현관에 걸려 있었다. 건조한 히터 바람에 몸이 나른해졌고 눈 뜨고 꿈을 꾸는 기분이 들었다.

우리가 내린 곳은 길을 따라 나무가 울창한 도로변이었다. 떠나는 버스를 지켜보던 할머니가 표지판을 가리키며 그곳이 버스 기사가 말한 정류장이 맞는지 물었다.

"추워." 내가 대답했다.

"그렇게 비싸다면서," 할머니가 머플러를 벗어 내 머리에 둘렀다. "제대로 된 안내 하나 없네."

차 한 대가 건너편 언덕을 올랐다. 사라지는 차 옆으로 영어로 커다랗게 쓰인 안내판이 보였다.

"핫……텔 앤 리소트."

할머니가 내게서 손을 떼고 언덕을 돌아봤다.

"호텔." 내가 고쳐 말했다. "저긴가 봐."

"다 컸네." 할머니가 내 머리를 쓰다듬고 짐 가방을 들어 올렸다.

배낭을 메고 할머니를 따라 길을 건넜다. 할머니 손을 잡는데 웃음이 나왔다. 오르막길을 오르며 폴딱거리자 할머니가 든 짐 가방이 흔들렸다. "좋냐." 할머니가 숨을 몰아쉬며 웃었다. 언덕 중턱에 이르자 건물 이름이 적힌 화살표가 보였다. 할머니가 예약 내역이 적힌 종이를 꺼내 지나가는 직원에게 길을 물었다.

"콘도에 묵더라도 호텔 프런트에서 체크인해야 돼요." 그가 언덕 꼭대기에 있는 건물을 가리켰다.

호텔로 가는 길을 오르는 동안 차 세 대가 우리를 지나갔다. 걸어서 길을 오르는 손님은 우리뿐이었다. 차에 탄 사람과 호텔 입구에 선 직원 모두가 우리를 쳐다보는 것 같았다. 할머니는 호텔에 시선을 고정한 채 길을 올랐다. 직원이 호텔을 가리켰을 때부터 줄곧 그곳을 보고 있었다. 추위로 붉어진 할머니의 얼굴을 보자 시야에 들어오는 다른 사람들의 얼굴이 작고 흐릿해졌다.

숙소는 넓은 거실에 부엌과 방 하나가 붙은 콘도였다. 문을 열자 텅 빈 거실과 화려한 커튼을 친 발코니가 눈에 들어왔다. 할머니와 나는 서로를 부르며 방과 화장실을 구경했다. 발코니에 드리운 커튼을 걷자 줄지어 들어서는 차가 보였다. 건물 왼쪽에 있는 산과 산책로도 조그맣게 모습을 드러냈다.

"많기도 하다. 이 겨울에." 할머니가 주차장을 지나는 차를 보며 말했다. "경기가 안 좋대도 올 사람은 잘만 오네."

나는 발코니로 나가 필름을 감고 차를 찍었다.

"플래시를 켜야지." 할머니가 내게 다가왔다. "그래야 잘 찍힌다." 할머니가 일회용 필름 카메라 앞, 동그란 버튼을 눌러 플래시 켜는 법을 가르쳐줬다.

나는 할머니에게 조금 전 했던 말을 다시 해달라고 졸랐다. 엄마 아빠에게 사진을 보여줄 때 버벅대지 않으려면 낯선 단어에 익숙해져야 했다.

“경기가 안 좋다고.” 할머니가 말했다.

“경기가 안 좋은데 차가 많네.” 주차장을 내려다보며 할머니의 말투를 따라 했다. 할머니가 기가 막힌 듯 웃었다.

“나가자.” 할머니가 말했다. “해 지기 전에 바다는 봐야지.”

리조트 한가운데에 있는 광장으로 나갔다. 광장에 서자 우리가 묵는, 낮고 넓적한 건물부터 그 반대편에 위치한 호텔까지 리조트 단지에 있는 모든 건물이 보였다. 광장 끝에는 해변이 내려다보이는 전망대가 있었다. 전망대에 가까울수록 머리카락이 눈앞을 가렸고 짭짤한 바다 냄새가 입과 코로 밀려왔다. 바다는 거칠지만 규칙적이었고 아름다웠다. 나는 서둘러 바다로 가는 계단을 내려갔다.

해변에 서자 물결이 회오리치고 가라앉는 소리가 들렸다. 바다를 따라 걷다가 할머니를 돌아봤다. 할머니 옆에 고동으로 검게 덮인, 어깨까지 오는 바위가 서 있었다. 내가 할머니를 부르자 할머니가 고개를 들었다. 나는 플래시를 켜고 할머니와 높고 긴 바위를 찍었다. 파도가 순식간에 해변을 채우더니 바위에 부딪쳐 할머니의 키만큼 튀어 올랐다.

번쩍이는 빛이 할머니와 파도를 비췄다. 할머니가 입을 굳게 닫은 채 막 흘러내리기 시작한 파도를 돌아봤다. 할머니의 왼쪽 다리가 바다에서 한 걸음 멀어졌다.

카메라를 내리고 할머니에게 다가갔다. "큰일 날 뻔했다." 할머니가 파카에 묻은 바닷물을 털어냈다. 미간을 살짝 찌푸렸지만, 그럼에도 무심해 보이는 얼굴이었다.

나는 파도가 치는 순간을 담았다는 생각에 들떠 웃어 보였고 다른 피사체를 찾아 해변을 살폈다. 두 부부와 아이가 눈에 들어왔다. 카메라를 드는데 멀리 익숙한 얼굴이 보였다. 카메라를 내리고 할머니 뒤로 몸을 숨겼다. 얼굴을 바다쪽으로 돌리자 귀가 할머니의 등에 닿았다.

"가족끼리 오셨나 봐요?" 할머니의 목소리가 등을 타고 들려왔다. "사진 좀 찍어주세요."

남자가 내게서 카메라를 넘겨받았고 나는 마지못해 할머니 옆에 서서 그들을 마주 봤다. 아이들의 엄마가 달려가려는 아이의 손을 잡고 막 다가온 다른 아이의 어깨에 손을 둘렀다. 아빠가 사진을 찍기 위해 무릎을 구부리자 엄마와 아이들이 웃음을 터뜨렸다. 하나, 둘, 셋. 플래시가 터졌다.

"몇 살이에요? 우리 손녀가 열 살인데."

할머니가 나를 앞세워 그들에게 걸어갔다. 아이들의 엄마가 자기 딸도 열 살이라고 대답했다. "해연아," 그녀가 말했다. "친구래."

해연이 나를 바라봤다. 외까풀이 선명한 눈에 웃음기가 없었다. 나는 작고 짙은 눈동자를 피해 고개를 숙였고 운동화를 모래 깊숙이 밀어 넣었다. 운동화 발등에 난 구멍으로 모래가 들어왔다.

해연의 아빠가 내게 카메라를 건넸고 가족은 간단한 인사와 함께 멀어졌다. 운동화를 꺼내고 발자국이 남은 모래 구멍을 찍었다. 걸을 때마다 밑창에 깔린 모래 알갱이가 움직였다. 광장을 지나 숙소에 도착할 때까지 부모에게 사진을 설명할 말이 떠오르지 않았다. 생각이 막힐 때마다 발바닥에 닿는 모래알을 자근거렸다.

이른 봄 바다는 별거 아니더라. 고민 끝에 생각한 말은 그게 다였다. 흐리고 쓸쓸했어.

엄마 아빠는 야근이 잦았다. 나는 학교가 끝나면 할머니 가게로 갔고 저녁이 되면 할머니의 손을 잡고 집으로 돌아갔다. 봄방학이 되자 아빠는 할머니를 위해 4인용 콘도를 예약했다. 친구가 산 회원권을 빌려 싼값에 좋은 숙소를 구했다고 했다. 예정대로라면 우리는 금요일 저녁, 부모가 퇴근하는 대로 강원도로 출발해야 했다. 그러나 목요일 저녁에 일정을 조정하던 부모의 목소리가 높아졌고 금요일에는 이혼 서류를 놓고 이야기가 오갈 정도로 상황이 심각해졌다.

부모는 자주 이혼을 말했지만, 그때까지 서류를 준비한 적은 없었다. 나는 방으로 쫓겨난 뒤에도 잠들지 못했고 거실에서 들려오는 소리에 귀 기울였다. 통화 소리가 들리더니 한참 뒤 현관문이 열리는 소리가 났다. 방으로 다가오는 목소리에 눈을 감고 숨을 죽였다. 할머니가 나를 불렀고 이마에 손을 얹었다. 나는 쏟아지는 빛을 느끼며 나를 바라보는 부모의 얼굴을 상상했다.

"니들 일은 니들이 알아서 해라." 할머니가 말했다. "지우랑 둘이 다녀올 테니까 그때까지 얘기 끝내."

할머니는 또 이렇게 말했다. "그 정도는 다 겪고 산다."

할머니가 전기밥솥에 밥을 안치고 양파와 어묵을 넣어 비엔나소시지를 볶았다. 플라스틱 반찬 통에 담긴 김치와 멸치볶음, 도시락용 김을 꺼내 밥상을 차렸다. 소시지볶음을 입에 넣자 고소하고 달짝지근한 향이 입안에 퍼졌다.

"몇 장 남았냐." 할머니가 김치를 얹은 밥을 김에 싸 먹으며 물었다.

일회용 카메라 위에 적힌 숫자를 확인했다. "열두 장."

우리는 밥을 먹으며 무엇을 찍었는지 되짚었다. 아마도 고속도로 휴게소에서 실수로 한 장을 찍었고 리조트로 오는 버스 안에서 한 장을 더 찍었다. 할머니가 자는 동안 찍은 사진이어서 설명을 덧붙여야 했다. 장바구니 두 개와 비닐봉지를 든 낯선 아주머니가 버스에서 멀어지는 사진이었다. 남은 네

장에는 발코니에서 본 주차장, 파도와 할머니, 해연 아빠가 찍은 할머니와 나, 그리고 모래 구멍이 담겼다. 나는 할머니에게 엄마 아빠와 통화하게 되면 지금까지 찍은 사진을 이야기하고 싶다고 말했다. 직접 대답을 듣고 싶으니 대신 말해서는 안 되고 내게 전화를 바꿔주어야 한다고. 할머니는 내 당부에 기가 차다는 듯 웃으며 알겠다고 대답했다. "좋아할 게다." 할머니가 남은 반찬을 냉장고에 넣으며 말했다.

양치를 하고 얼굴에 남은 물기를 닦는데 아빠에게 전화가 왔다. 할머니가 방으로 들어가 문을 닫았다. "지우는 어쩌고." 닫힌 문 너머로 할머니의 목소리가 들렸다. "카메라를 사줘도 심드렁하고 너네 얘기만 한다."

할머니가 꾸며낸 거짓말에도 엄마 아빠는 그대로인 듯했다. 당장 아빠나 엄마가 지낼 장소에 대한 이야기가 이어졌다. 문에서 얼굴을 떼고 식탁으로 걸어가 카메라를 집어들었다. 세게 발을 디뎌도 양말만 신은 발로는 소리가 잘 나지 않았다. 숙소 밖으로 나가 큰 소리가 나도록 문을 닫았다. 문 앞에 서서 기다렸지만 할머니는 나오지 않았다. 나는 홧김에 복도를 걸었고 엘리베이터를 타고 밖으로 나갔다.

광장으로 나가자 노을을 바라보는 투숙객이 보였다. 많은 아이가 부모와 함께 서 있었다. 지는 해가 광장과 사람들 위로 붉은빛을 내려트렸다. 온 세상이 타들어가는 것 같았다.

어디선가 폭죽 터지는 소리가 들렸다. 나는 붉은빛을 피해 광장을 나왔고 어디로 이어지는지 모를 계단을 걸어 내려갔다. 계단은 아이 둘이 겨우 지날 정도로 좁고 구불구불했다. 양옆이 눈 위까지 오는 난간으로 막혔는데, 고르지 않은 시멘트 벽에 흰 페인트가 발려 있었다. 손으로 벽을 스치자 튀어나온 시멘트가 손끝에 걸렸다. 나는 첫 계단참에 멈춰 섰다. 더 내려가면 할머니가 나를 못 찾을지도 몰랐다. 나는 계단에 앉아 할머니가 오기를 기다렸다.

그늘진 계단은 순식간에 어두워졌다. 지나가는 발소리가 잦아들었고 폭죽 소리도 멎었다. 발끝이 시려 왔고 처음 느껴보는 두려움이 온몸을 감쌌다. 아무도 나를 찾지 않는다. 지금 돌아가면 숙소로 가는 길을 찾을 수 있을까. 어두운 계단과 등 뒤를 감싼 시멘트 벽이 삶의 마지막 장면이 될 것 같았다.

신발이 흙길에 닿았다 떨어지는 소리가 들렸다. 누군가 계단을 내려오고 있었다. 나는 소리가 나지 않도록 계단참 구석으로 다가갔다. 난간 아래로 땅인지 나무인지 모를 검은 형체가 보였다. 어쩌면 위에서 내려오는 사람과 한패일지도 몰랐다. 나는 여차하면 범인의 사진을 찍을 생각으로 일회용 카메라를 인중까지 올리고 그가 계단을 마저 내려오길 기다렸다.

어디선가 드럼 소리와 일렉 기타 소리가 새어 나왔다. 모퉁이를 나와 계단참에 발을 딛는 해연이 보였다. 카메라를 든 내 손이 흔들렸다. 해연이 나를 흘깃 보더니 남은 계단을 내려갔다. 세 단을 더 내려갔을 때 해연이 마이마이에서 흘러나오는 노래를 끄고 나를 돌아봤다.

"뭐해?" 해연이 물었다.

나는 고개를 젖히고 어스름한 하늘을 봤다가 손에 들린 카메라를 내려다봤다. "사진 찍으려고."

해연이 귀에서 이어폰을 뺐다. "뭘 찍는데?"

"아무거나." 나는 콧등을 긁적이며 생각할 시간을 벌었다.

사방이 어두워 다행이라고 생각했다. 밝았다면 내가 눈을 이리저리 굴리는 모습이 다 보였을 테니까. 학교였다면 해연은 내게 시선을 두지 않고 계단을 마저 내려갔을 것이다. 모두가 그랬고 해연처럼 친구가 있는 아이들은 더 그랬다. 해연이 뭔가를 기다리듯 나를 바라봤다.

"나도 찍어봐도 돼?" 해연이 물었다.

"어두운데."

해연이 입을 다물었고 나는 덧붙여 말했다.

"플래시 켜면 잘 나올 거야."

내가 손을 모으고 난간 앞에 서자 해연이 카메라를 들었다. 빛이 번쩍이는데 나도 모르게 눈이 크게 떠졌다.

"이렇게 나오겠다." 내가 흰자를 번득이며 놀란 시늉을 하자 해연이 웃었다.

다음에는 내가 해연을 찍었다. 해연이 바닥에 누워 마이마이를 배에 올렸다.

"눈을 감고 있는데도 뭐가 번쩍거려." 해연이 눈을 깜박이며 말했다.

"그치." 누가 목을 간질이듯 웃음을 멈추기 힘들었다.

우리는 계단을 내려갔고 어디로 가는지 모른 채 길을 걸었다. 오른쪽에는 소리만 들리는 검은 바다가 있었고 왼쪽에는 발코니가 튀어나온 건물과 갈매기 모양의 가로등이 이어졌다.

"저기 가볼래?" 해연이 주차장 뒤로 보이는 산길을 가리켰다. 가로등 빛이 환한 주차장에 비해 산책로는 횃불이 끊긴 동굴 같아 보였다. 해연이 산책로 앞으로 걸어가 나를 돌아봤다. 나는 눈썹을 반쯤 내리고 미적지근한 걸음으로 해연에게 다가갔다.

"저 나무를 만지면 소원을 이루는 거야." 해연이 가리킨 곳은 갈림길보다는 낭떠러지처럼 보였다.

"무슨 소원?"

"뭐든." 해연이 번거로운 듯 눈을 크게 떴다 감았다. "가만히 있으면 아무도 안 도와줘. 바라는 게 있으면 노력해야지."

해연이 자기 엄마처럼 말했다. "같이 가자, 응? 지우야."

학교 앞에서 파는 병아리를 손에 들었을 때처럼 간지럽고 따스한 기분이 들었다. 해연을 지나 산책로로 들어갔다. 나뭇가지나 돌을 밟지 않도록 조심하며 걸음을 내디뎠다. 나무는 다가설수록 아득해 보였다. 몇 걸음 더 들어가자 조금씩 새어 들어오던 가로등 빛이 보이지 않았다. 가지가 부러지는 소리가 들렸다. 뒤를 돌아보자 겁에 질린 해연의 얼굴이 보였다. 다시 앞을 보고 걸음을 떼려는데 갈림길 너머에서 무엇인가가 반짝였다. 다급히 해연을 돌아봤다. 어둠 속에서 희멀겋게 벌어진 해연의 눈이 보였다. 내가 소리를 지르자 해연이 따라 소리치며 산책로를 달려나갔다. 우리는 주차장을 지나 광장으로 가는 계단을 뛰어올랐다. 겁에 질렸던 만큼 웃음이 터져 나왔다. 계단을 다 오른 뒤에야 걸음을 늦추고 숨을 돌렸다.

"우리 엄마 아빠는 나 찾지도 않을걸." 해연이 말했다. "없어질 때까지 뭐 했냐, 싸우면서 김해준이나 달래고 있겠지."

"우리 부모님도 맨날 싸우는데." 터져 나오는 웃음을 그대로 드러내며 내가 대답했다.

"결혼하면 다 그런가 봐." 해연이 어깨를 으쓱였다.

광장으로 들어가자 멀리 할머니가 보였다. 할머니가 내게 달려왔고 급히 해연의 부모를 불렀다. 나는 그 자리에서 엄마 아빠의 전화를 받고 할머니 말을 잘 듣겠노라 다짐해야 했다. 너까지 속을 썩이냐며 할머니가 화를 냈다. 혼나는데도 기분이 나쁘지 않았다.

"하이고 너는……" 전화를 끊자 할머니가 꿀밤 먹이는 시늉을 했다. 할머니를 피해 해연을 돌아봤다. 해연의 아빠는 자다 깬 듯한 동생을 품에 안았고 해연은 엄마에게 손이 잡힌 채 큰소리로 혼나고 있었다. 해연이 눈만 돌려 나를 쳐다보더니 입을 비죽여 보였다. 나는 소리 죽여 웃었고 들키지 않으려 손으로 입을 가렸다.

"친구한테 인사해." 마침내 해연의 엄마가 말했다. 해연이 인사를 했고 나도 해연에게 손을 흔들었다. 우리는 등을 돌려 각자가 머무는 건물로 걸어갔다. 걸음마다 해연 가족을 돌아보았다. 해연의 동생이 아빠에게 업혔고 엄마가 해연의 어깨를 감쌌다. 나는 할머니의 손을 잡았다.

"그새 친해졌어?" 할머니가 물었다.

"같은 반 애야."

"학교?" 할머니가 나를 내려다보았다. "왜 말 안 했냐?"

나는 해연을 따라 어깨를 으쓱했다. 할머니가 미간을 찌푸리고 수상쩍다는 듯 나를 바라봤다.

"어디 있었어?" 할머니가 물었다.

몇 번 걸었다고 단번에 숙소로 가는 길이 보였다. 할머니보다 앞서 걷느라 종종걸음을 쳐야 했지만, 해연과 한 일을 말할 생각에 기분이 들떴다. 나는 건물을 돌아 주차장으로 할머니를 안내했고 우리가 올랐던 산책로 앞으로 걸어갔다. 가로등 아래 길고 큰 그늘이 드리워져 있었다.

"그렇게 찾았는데 여기 있었냐?" 할머니가 웃었다. "니들은 길도 많은데 위험하게 산에 올라갔니."

"소원을 빌려고……" 나는 할머니를 올려다보다 말을 얼버무렸다. "무서웠어."

"무섭긴 했어?" 할머니가 웃으며 물었다. 우리는 불 켜진 건물 안으로 들어갔다.

"할머니는 스물다섯이 넘어서 처음 바다에 가봤는데." 할머니가 나지막이 말했다. "네 아빠가 일곱 살이었나. 그때는 키도 작고 손도 조그마했어. 어딜 가든 할머니 옆에만 있으려 하고, 껌딱지가 따로 없었는데. 그날도 네 아빠 손을 잡고 바다가 조금씩 보이는 골목을 걸어가는데 그때부터 심장이 뛰더라. 내가 설레긴 하나 보다 그랬지. 진짜 바다는 처음이었으니까.

모래사장에 짐을 놓고 튜브를 빌렸는데 네 아빠가 신이 나서 내 손을 당기는 거야. 결국 네 고모랑 막둥이는 할아버지한테 맡기고 네 아빠를 데리고 먼저 바다에 들어갔어.

바닷속에 발을 디뎠는데 모래가 일면서 물이 탁해지더니

발목 아래가 안 보이더라고. 그때부터 뭔가 이상하다는 생각이 들더라. 걸음마다 온몸이, 가슴에서 목구멍까지가 전부 모래에 잠기는 기분이 드는 거야. 쿵, 쿵, 쿵, 하면서. 다리가 조금씩 잠긴다 싶더니 몇 걸음 만에 허벅지까지 물이 찼어. 눈앞이 흐려지는데 튜브에 탄 네 아빠는 더 들어가겠다고 몸을 뻗대고, 그걸 잡고 가까스로 그 자리에 서는데 순간 가슴까지 올라온 파도가 나를 치는 거야.

코앞에 물이 들이닥치고 발이 들리더니 허리랑 엉덩이가 물에 잠겼어. 눈이랑 코가 따갑고 짠물이 온 구멍으로 들어가니까 숨이 막혀서…… 이게 무슨 일인가 싶다가, 물에 빠졌구나, 이대로 가라앉으면 어떡하지 했지. 짧은 시간에 저녁거리로 불려둔 콩부터 온갖 게 떠오르는데 네 아빠가 튜브를 타고 있던 게 기억나는 거야. 그제야 살겠다고 손을 휘젓고 다리를 버둥거리는데 양팔이 확 당겨지면서 숨이 쉬어졌어. 어떤 사람이 내 팔을 잡고 물 밖으로 끌어낸 거지. 숨을 몇 번 몰아쉬고 정신이 드니까 손바닥이랑 허벅지에 모래가 느껴지더라.

네 아빠는 지 몸만 한 튜브를 들고 서서 왜 그러냐고 묻고, 멀리서는 놀란 네 할아버지가 낯선 사람한테 막내를 맡기고 뛰어오고 있었어. 얼마나 부끄럽던지."

할머니가 이야기를 끝냈을 때 우리는 불 꺼진 방에 누워 있었다.

“어려서부터 학교도 가고 바다도 가봤으면 그러진 않았을 거야.” 할머니가 속삭이듯 말했다. “그랬으면 무서울 게 없었겠지.”

“지금도 무서워?” 파도를 돌아보던 할머니를 떠올렸다.

“무섭지.” 할머니가 대답했다.

할머니를 향해 옆으로 돌아누웠다. “근데 어떻게 가만히 있었어?”

“응?” 할머니가 나를 돌아봤다.

온도를 한껏 높인 바닥이 뜨거웠다. 나는 다리를 이불 위에 올리고 할머니가 말을 잇기를 기다렸다.

“내가 가만있었니.” 할머니가 나를 바로 눕히고 내 다리를 다시 이불에 집어넣었다.

다음 날 우리는 이른 점심까지 늦잠을 잤다. “12시 이후 체크아웃 시, 음…… 추가 요금이 생깁니다.” 무심코 벽에 적힌 안내문을 읽자 할머니가 볼멘소리를 냈다. 우리는 서둘러 짐을 꾸린 뒤 숙소를 나섰다. 먹거리가 빠진 짐은 한결 가벼웠지만, 평소보다 빠른 할머니를 따라잡느라 다섯 걸음에 한 번은 뛰어야 했다.

“몇 시냐.” 호텔 유리문을 열던 할머니가 물었다.

나는 할머니를 따라 문손잡이를 잡다 고개를 들었다.

"카메라 챙겼나?"

"아까 안 넣었냐?" 할머니가 나를 돌아봤다.

숙소에서 나오기 전 한 일을 되짚었다. 칫솔을 넣다가 물이 튀어 렌즈를 닦았고 그대로 가방에 카메라를 넣었지. 고개를 끄덕이고 손목시계를 확인했다. "오십육……칠 분."

할머니가 호텔 프런트로 급히 걸어갔다. 늦어서 요금을 더 낼 뻔했다고 너스레를 떨자 프런트 직원이 넉살 좋게 웃으며 조금 늦는 정도는 따로 추가 요금이 붙지 않는다고 말했다. 인상이 좋아 보이는 사람이었다. 나는 할머니의 짐 가방에 걸터앉아 할머니와 직원이 나누는 이야기를 들었다. 떠나기 전 손녀와 마지막 식사를 할 거라는 말에 직원이 자신의 단골집을 소개했다. "여기 갈치조림이 양도 많고 맛있어요." 할머니가 직원이 건넨 종이를 주머니에 넣었다.

"벌써 가시게요?" 귀에 익은 목소리가 들렸다. 해연 가족이 프런트로 다가왔다. 해연이 손을 흔들자 손가락 사이로 늘어져 나온 이어폰이 서로 부딪쳤다.

"예, 버스 시간 전까지 시내 구경이나 하려고요." 할머니가 대답했다.

해연 엄마가 놀란 표정을 짓더니 다시 물었다. "시내까지는 어떻게 가세요?"

"버스 타면 되지 않겠어요?" 할머니가 가볍게 대답했다.

해연이 동생에게 무엇인가를 속삭였다. 동생이 해연 엄마의 다리로 달려들었다. "우리도 가요!" 아이가 소리쳤다. 해연 엄마가 그를 안아 올렸다. 아이의 키는 벌써 그녀의 허리만 했는데 그녀가 손으로 엉덩이를 받치자 두 다리가 그녀의 팔 아래로 길게 늘어졌다.

"같이 가실래요? 태워드릴게요." 그녀가 말했다.

"좋죠." 할머니가 확인차 나를 내려다봤다. 거절할 이유가 없었다. 나는 어깨에 멘 배낭이 허리에 부딪치도록 연신 고개를 끄덕였다.

해연 아빠가 운전대를 잡았고 엄마와 동생이 조수석에 앉았다. 할머니와 나는 해연과 뒷자리에 탔다. 나는 조수석 머리를 잡고 해연이나 할머니의 다리를 누르지 않으려 애썼다.

자동차 유리 밖으로 리조트 정문으로 가는 내리막길과 전날 내렸던 버스 정류장이 보였다. 할머니와 그곳을 걷던 게 오랜 일처럼 느껴졌다. 할머니가 앞 유리를 가리키며 눈짓했다. 우리는 차 소음에 가려질 정도로 조그맣게 웃었다.

"봐봐." 해연 엄마가 불쑥 말했다. "소리 난다니까."

"알아서 한다고." 해연 아빠가 가라앉은 목소리로 말했다.

"말만 잘하지. 정비소 가보라고 몇 번을 말해. 고속도로에서 멈추기라도 해봐."

해연 아빠는 대답 없이 도로를 응시했다. 해연 엄마의 다리 사이에 앉은 동생이 조수석 아래를 발로 차며 뭔가를 웅얼거렸다.

"알아서 하기는." 해연 엄마가 기가 막힌 듯 코웃음을 쳤다. "그러면 소원이 없겠네."

"그만 좀 해라." 해연 아빠가 버럭 소리를 지르며 말했다.

동생이 동작을 멈추고 몸을 움츠렸다. 차 안이 조용해지자 딱딱거리는 소음이 더 또렷해졌다. 해연의 이어폰에서 음악소리가 흘러나왔다. 해연은 자는 듯 눈을 감고 움직이지 않았다. 창밖으로 논밭이 펼쳐졌다.

해연 엄마가 우리를 돌아봤다.

"어디에서 내려드릴까요?"

"일단은 여기……" 할머니가 직원이 준 종이를 펼치더니 해연 엄마에게 내밀었다. "그 집 갈치조림이 입에서 녹는대요. 양도 푸짐해서 밥보다 갈치를 더 많이 먹고 나온다나."

"우리도 갈까?" 해연 엄마가 남편에게 물었다. "당신 해산물 좋아하잖아."

"해산물 좋아해요?" 할머니가 해연 아빠에게 묻자 그가 그렇다고 대답했다. 해연 엄마가 지도를 펼쳐 식당으로 가는 길을 찾았고 해연 아빠가 차를 돌렸다. 두 사람은 즐겨 가는 해산물 식당에 대한 이야기를 주고받다가 할머니가 식당의 요리법을 짐작하자 그에 맞장구쳤다.

붉은 국물을 자작하게 조린 갈치조림은 밥 없이 갈치만 먹어도 될 정도로 고소하고 감칠맛이 났다. 흥분한 동생이 식탁 사이를 뛰어다녔지만, 직원들은 혼은커녕 사탕을 주며 귀여워했다. 우리는 서비스로 회덮밥을 받았고 해연 아빠마저 식당 분위기에 매료된 듯 연신 함박웃음을 지었다.

그 정도는 다 겪고 산다. 나는 할머니의 말을 입속으로 되뇌었고 서울에 있을 부모를 떠올렸다.

식당을 나서는 우리에게 주인이 동네 사람만 아는 작은 해변을 알려주었다. 버스 시간까지 아직 여유가 있었다. 해연 엄마와 할머니가 동생을 끼고 앞장섰고 해연 아빠가 차에서 신문을 챙겨 뒤따랐다. 해연과 나는 거리를 두고 천천히 그들을 따라갔다.

해변으로 가는 길은 아직도 생생했다. 나를 돌아보는 할머니의 얼굴, 칠이 벗겨진 구멍가게의 유리문, 그늘진 샛길로 들어서자 흐릿해지던 시야, 이를 드러내며 웃던 해연과 당근색 패딩, 눈이 아플 정도로 밝았던 해안 도로, 테트라포드가 쌓인 방파제와 바다 옆으로 보이는 낮고 완만한 산.

해변은 학교 운동장보다 조금 작았고 동네 아이 두 명을 빼면 사람도 없었다. 해연의 동생이 달려가 한쪽에 놓인 비치 볼을 잡았고 곧이어 바람 빠진 공이 나와 해연에게 날아왔다. 눈을 감은 채 손을 뻗었다. 무언가가 잡혀 손에 힘을 주었는데 내려다보니 공이 들려 있었다. 해연이 눈을 크게 뜨며 탄성을 질렀고 동생이 손뼉을 쳤다.

"어후," 해연 엄마가 가방에서 손수건을 꺼내 동생의 손바닥을 닦았다. "지지야, 지지."

할머니가 나를 보더니 괜찮냐고 물었다. 내가 고개를 끄덕이자 할머니가 내 얼굴을 보고 웃음을 터뜨렸다. 해연 엄마가 손수건을 털며 일어서더니 나를 돌아봤다.

"지우야! 너 왜 계속 들고 있어, 그걸."

어찌할지 몰라 공을 든 채로 서 있었다. 해연의 동생이 달려와 내 손에서 비치 볼을 떨어뜨리고는 공을 차며 달려나갔다. 해연 엄마가 동생 이름을 외치다 해연에게 동생을 따라가라고 시켰다. 해연이 대꾸 없이 느릿하게 걸어갔다. 해연 엄마가 눈을 감고 한숨을 쉬었다.

"애가 어디가 아픈가 봐요?" 할머니가 목소리를 낮춰 물었다.

해연 엄마는 인상을 찌푸리고 할머니를 흘겨보더니 입을 꾹 다물었다.

"걱정하는 것 같아서……" 할머니가 덧붙였다.

"그냥 몸이 약해요. 애들 엄마가 고생이죠." 해변 울타리에 기대 신문을 펼치던 해연 아빠가 대답했다. 말투는 점잖았지만, 그 역시 웃음기가 없었다. 멀리서 해연이 나를 불렀다. 나는 손을 털고 해연과 동생이 있는 바다 근처로 달려갔다. 해연에게 웃어 보였지만 해연 부모가 지은 표정이 눈에 밟혔다. 익숙한 얼굴이었다. 팔다리가 뼈마디 없이 물렁해지는 기분이 들었다. 발에 걸리는 모래를 걷어찼다. 힘껏 찼지만 자갈과 깨진 조개가 섞인 모래는 거의 움직이지 않았다. 모래 한 줌이 운동화 위로 조금 솟아오르다 흩어져 내렸다. 어쩌면 할머니도 나 같은 부류일지 몰랐다. 그렇게 생각하자 마음이 아팠다.

바다에 뜬 비치 볼이 점점 멀어지고 있었다. 해연과 동생은 해변을 가만히 바라보고 있었는데 내가 다가가자 입술에 손가락을 댔다.

"저거 봐." 해연이 속삭였다. 해연이 가리킨 곳에 작은 파도만 한 새 세 마리가 있었다. 부리와 얼굴이 검고 날개는 흰색과 회색이 회오리처럼 섞인 작은 새였다. 바다 가장자리를 따라 종종댔는데 그중 한 마리가 앞서 나가자 다른 한 마리가 속도를 높여 맨 앞으로 뛰었다. 걸음마다 해변을 쪼는 것으로 보아 먹이를 찾는 듯했다.

"셋이 친구야, 우리처럼." 동생이 눈을 반짝이며 말했다.

목소리를 낮추지도 않았다.

"우리가 친구냐. 조그만 게." 해연이 낮은 소리로 윽박질렀다. "딱 봐도 가족이잖아. 엄마 아빠랑 아기랑."

"친구야. 크기가 똑같잖아." 동생이 턱을 한가득 내밀고 대꾸했다.

"아닌데, 원래 작은 거거든." 해연이 나를 바라보았다. "그치?"

새들은 먹이를 찾기 바빠 서로를 돌아볼 겨를도 없어 보였다. 나는 그들이 친구일 수도, 가족일 수도 있다고 생각했다. "응." 나는 동생에게 들릴 정도로 크게 대답했다. "엄마 아빠랑 아기 같은데."

동생이 시선을 떨어뜨리고 입을 비죽였다. 해연이 인상을 찌푸리더니 동생의 팔을 잡아 일으켰다.

"너 그거 만졌어?"

동생이 손에 쥔 손톱만 한 자갈을 떨어뜨렸다.

"빨리 가서 엄마한테 괜찮냐고 물어봐." 해연이 말했다. 동생이 눈물 없이 울음소리를 내며 부모에게 달려갔다.

우리는 부모와 할머니에게서 더 멀리 걸어갔다. 앞장서던 해연이 조개를 주워 보여줬고 나도 특이한 조개가 보일 때마다 조개를 집어 올렸다.

"어제 많이 혼났어?" 내가 물었다.

"아니." 해연이 눈을 내리깔고 모래를 헤집었다. "별말 없었어." 해연이 껍데기만 남은 흰 조개를 휙 집어 던졌다. "아까 봤지? 싸우는 거."

손바닥에 놓인 조개를 보며 해연에게 건넬 말을 생각했다.

"이것 봐." 가장 눈길을 끄는 조개를 해연에게 내밀었다. 복숭아색에서 다홍빛으로 번지는 무늬가 있고 껍질이 깨지거나 나뉘지 않은, 동그랗고 온전한 조개였다.

"예쁘다." 해연이 조개를 집어들었다. 집게손가락으로 조심스럽게 무늬를 따라 내려갔다.

"너 줄게." 내가 말했다.

"진짜?" 해연이 입을 벌리고 웃었다.

"우리 부모님도 많이 싸워." 손바닥에 남은, 갈라지고 부서진 조개들을 해연이 그런 것처럼 멀리 던졌다. 전날 밤 같은 이야기를 했던 기억이 났다. 해연이 시들한 표정으로 흩어져 떨어지는 조개를 지켜봤다.

"진짜야." 급히 말을 덧붙였다. "이번에도 같이 오기로 했는데 싸워서 못 온 거야."

해연이 나를 바라봤다.

"원래는 이러다 괜찮아졌는데…… 이번엔 이혼하겠다고 종이도 가져오고…… 누구랑 살 거냐고도 하고……" 말이 잘 나오지 않아 여러 번 되풀이해야 했다. 그럴 생각이 아니었는데 말을 이을수록 코를 찡그리게 됐다.

"힘들었겠다." 해연이 눈을 크게 뜨더니 몸을 돌려 나를 마주 봤다. "무서웠을 것 같아."

멀리서 어른들이 우리를 부르는 소리가 들렸다. 해연 엄마가 이리 오라는 손짓을 했다. 그들에게 걸어가며 콧물을 닦았다. 혼자 울고 콧물까지 흘린 게 우스워 나도 모르게 웃음이 나왔다. 해연이 함께 웃었다.

"또 이런 일 있으면 나한테 말해." 내가 해연에게 말했다. "이제 어떻게 할지 좀 알겠거든."

"그래?" 해연이 앞서 걸었다. "근데 우리 부모님은 그렇게까진 안 싸워."

해연이 어떤 표정을 지었는지 나는 알 수 없었다. 소매로 얼굴을 문지르며 해연을 따라갔다.

"손에 그거 뭐야." 해연 엄마가 차로 다가오는 해연의 손을 잡았다. "이건 살았잖아. 갖다 놓고 와."

해연이 울타리 앞에 선 내게 걸어왔다.

"그냥 너 가져."

해연이 내민 조개를 받아 들었다.

"지우야 얼른 타라, 버스 시간 다 됐다." 차 안에 있던 할머니가 나를 보며 소리쳤다. 해연이 차에 걸터앉아 두 발을 부딪치자 신발에서 떨어져 나온 모래가 흩날렸다. 모두가 나를 기다리고 있었다. 나는 붉고 둥근 조개를 울타리에 올려놓은 뒤 운동화를 아스팔트에 문지르고 차에 탔다.

차가 움직이자 다시금 딱딱거리는 소리가 났다. 바다가 멀어지고 늘어선 건물이 보일 때까지 나는 해변에서 일어난 일을 생각했다. 해변에 선 나는 해연에게 몇 번이고 같은 말을 하고 해연의 말을 들었다. 도로에 올라와 해연에게 조개를 받았고 살아 있는 조개를…… 할머니가 내 손을 잡더니 이름을 불렀다.

"무슨 일 있냐."

바닷물이 없으니 곧 죽겠지. 나는 입을 다물고 고개를 저었다. 조개는 햇빛을 받으며 점점 말라 갈 것이다.

"지우가 참 착해요." 해연 엄마가 입을 열었다. "말도 잘 듣고 얌전하고."

"그렇지만도 않아요." 할머니가 목소리를 높였다. "고집도 세고 어찌나 야무진지."

할머니의 말에 차 안이 다시 조용해졌다.

"소리가 계속 나네." 해연 아빠가 중얼거렸다. 해연 엄마는 대답이 없었다. 차가 멈춰 섰다. "기름 좀 넣고 갈게요." 해연 아빠가 차에서 내렸다. 동생이 발버둥 치더니 화장실에 가겠다며 문을 열었다. 해연 엄마가 동생을 데리고 차를 나섰다.

"니들 싸웠냐?" 할머니가 물었다.

할머니가 말을 할 때마다 분위기가 더 나빠지는 것 같았다. 해연이 무어라 중얼거리며 차에서 내렸다. 나는 창문 너머로 부모에게 걸어가는 해연을 바라보았다.

"너도 화장실 갈래?" 할머니가 다시 물었다.

"아니." 내가 대답했다.

"그럼 왜 그러냐, 아까부터." 할머니가 웃으며 나를 간지럽혔다. 나는 웃음을 참았고 그러자 괜스레 입이 나왔다.

조개에 대해 말했다. 할머니가 어떻게 대답할지는 이미 알고 있었다. 괜찮다. 너 아니어도 누군가 바다로 보내줄 거야. 그러고는 걱정하지 말라고 나를 달래겠지. 대답을 듣기 전부터 할머니의 말이 지겨워졌다.

"괜찮을 거다."

거봐. 나는 생각했다.

"아마 저 혼자 기어서 울타리 아래까진 갔을 거야."

눈살을 찌푸리고 할머니를 쳐다봤다. "조개가 어떻게 기어." 내가 신경질을 내며 말했다.

"어이고, 조개도 발 있는 거 모르냐?" 할머니가 나를 놀리듯 눈썹을 들어 올렸다. "껍데기 사이로 물렁한 게 나와서 온 힘을 다해 민다. 그 힘에 막 뒤집어져, 혼자."

"발이 어디 있어, 조개가……" 나는 중얼거렸고 얼굴을 보이고 싶지 않아 고개를 숙였다.

할머니가 어깨를 감싸고 나를 끌어안았다. "무서울 거 없다. 할 수 있는 만큼만 하면 돼."

나는 다른 말 없이 입을 다물었다. 이대로 집에 돌아가면 해연과는 한 주가 더 지나야 만날 수 있었다. 한 주는 많은 게 달라지는 시간이었다.

해연 아빠와 주유소 직원이 보닛을 열었다. 해연 엄마가 그들이 하는 대화를 듣더니 조수석 문을 열고 고개를 들이밀었다.

"엔진에 문제가 있는 것 같아서 정비소에 가봐야겠어요."

우리는 차에서 내려 해연 엄마의 설명을 들었다. 그녀가 직원에게 받은 지도를 트렁크 위에 펼치고 손가락으로 길을 짚었다.

"걸어갈 순 있는데…… 짐 들고는 좀 힘들 거예요." 직원이 설명을 거들었다.

할머니가 나를 돌아봤다. 나는 지도를 보는 대신 주유소 한쪽에 놓인 자판기로 걸어갔다.

"지우야." 나는 할머니의 말을 못 들은 척 자판기를 살폈다. "이리 와봐라. 지우야."

느릿하게 몸을 돌리고 다시 차 가까이 걸어갔다. 할머니는 지도와 짐 가방을 든 채 주유소 출구에 서 있었다. 붉어진 얼굴에 어색한 웃음이 번졌다.

배낭을 메고 할머니에게 다가갔다. 어느새 뒷자리에 탄 해연은 얼굴도 잘 보이지 않았다.

"예," 할머니가 주유소 밖으로 걸어나갔다. "모르겠으면 또 물어보지요." 할머니의 웃음이 옅어졌다. 해연의 부모가 보닛으로 시선을 돌렸다.

다행히 우리는 제시간에 버스를 탔다. 버스가 출발하자 붉은 햇빛이 쏟아졌다. 건물 밖으로 반쯤 나온 해가 크고 노랗게 빛났다.

서둘러 카메라를 찾아 가방을 열었다. 옷과 세면도구 사이에 손을 넣고 앞주머니도 열어보았지만, 카메라는 없었다. 기억을 다시 되짚었다. 칫솔을 넣다가 렌즈에 물이 떨어져서 카메라를 닦았고 바로 카메라를 가방에 넣으려다 마음을 바꿔 신발장 위에 올렸다. 숙소에서 나올 때 손에 들 생각이었다. 그 뒤는 몇 번을 떠올려봐도 기억이 흐릿했다.

버스는 시내에서 벗어나 4차선 도로를 달리고 있었다.

"놓고 왔어?" 할머니가 자신의 짐 가방을 뒤졌다. "어쩌냐."

할머니에게 화가 났다. 카메라가 있을 리 없는 짐 가방을 뒤적이는 모습이며 조금 늦어도 괜찮은 체크아웃 시간을 지키려 서두르던 것, 아빠를 설득하려고 했던 거짓말까지 할머니가 하는 모든 행동이 나를 괴롭게 하는 것 같았다. 할머니는 퉁명스럽게 말을 뱉었고 거짓말도 서슴지 않았다. 다들 그 정도는 겪고 산다는 말도 거짓이었다. 해연의 부모는 싸웠다가도 다시 다정해질 수 있지만, 내 부모는 그렇지 않았다. 모든 게 떠내려가고 있는데 나는 그곳에 아무것도 가져갈 수 없었다. 버스는 고속도로에 들어섰고 정해진 자리에 앉아 가방에 든 물건을 꺼내 보는 게 내가 할 수 있는 전부였다.

"괜찮다, 또 사면 되지." 할머니가 말했다.

"아니야." 나는 할머니를 붙잡고 소리쳤다. "괜찮지 않아."

아무것도 괜찮지 않아. 나는 가만히 있었던 적이 없었다.

할머니는 오랫동안 내 말을 듣기만 했다.

아침 식사를 끝낸 가족들이 조문실로 돌아오는 소리가 들렸다. 몸을 일으키고 저린 손을 쥐었다 폈다. 학년이 오르면서 할머니를 찾는 일은 점점 줄어들었다. 고등학생이 되어 다른 지역으로 이사하고, 이후 부모가 이혼하면서 할머니를 보는 시간은 더 짧아졌다.

할머니와 여행을 떠난 이른 봄 이후로 나는 자주 바다 앞에 선 할머니를 떠올렸다. 키만큼 튀어 오른 파도를 돌아보던, 그러다 다시 내게 향하던 두 눈을. 그때는 누군가의 말보다 그 사람이 내 곁에 있으리라는 사실이 중요했다. 할머니는 내 곁에 있었고 그로써 나는 그날과 이후의 무수한 날을 지나보낼 수 있었다.

할머니 사진 앞에 고개를 숙이고 조문실을 나섰다. 출입문을 열자 산듯한 새벽바람이 불어왔다.

점심 같이 먹을래요?

회사로 들어서는데 낯선 그림이 보였다. 양쪽 출입 게이트 사이, 커다란 암갈색 액자만이 걸려 있던 곳이었다. 엘리베이터 너비만 한 정사각형 액자는 오래된 의식처럼 엄숙한 분위기를 풍겼다.

왼쪽 줄에 서서 시간을 확인했다. 출근 둘째 주 만에 늦을 수는 없었다. 앞사람을 따라 게이트로 한 걸음 더 다가갔다. "저렇게까지 해야 하나." 수군거리는 소리가 들렸다.

확실히 회사 로비에 어울리는 그림은 아니었다. 진녹색 사무실에 앉은 사람을 그렸는데 색감이 어두워 얼핏 보면 커다란 얼룩이나 구멍처럼 보였다.

줄은 빠르게 줄어들어 어느새 두세 사람만 지나면 게이트 앞이었다. 열심히 일하라는 뜻인가. 멍하니 그림을 바라봤다. 가까이에서 보니 붓놀림 하나는 제법 섬세했다. 키보드에 손을 올린 채 노트북을 보는 여자의 모습이 정교했고 조금씩 드러난 얼굴과 목에는 주름이 세밀하게 묘사되어 있었다.

눈을 힘주어 감았다 떴다. 열심히 일하라니. 사원증을 찍고 엘리베이터에 몸을 밀어 넣었다. 일할 준비야 얼마든지 되어 있었다.

오전에는 회의가 있었다. 매주 월요일 열린다는 회의는 금요일에 한 주간 보고보다 가벼운 분위기였다. 팀원 모두가 4층 카페로 내려가 음료를 시켰고 돌아가며 이번 주 계획을 이야기했다. 나를 제외한 모두의 차례가 끝나자 팀장이 박 과장의 소식을 전했다. 육아휴직을 끝낸 박 과장은 돌아오는 수요일에 복귀할 예정이었다.

"회계팀으로 가게 됐다." 그가 말했다.

팀원 대부분이 음료를 들이켜거나 냅킨을 접으며 덤덤히 그 말을 들었다. 권 대리가 손을 들었다. 내가 오기 전까지 팀 막내였던 그녀는 박 과장의 업무를 도맡아왔다.

"충원은요?" 그녀가 물었다.

"지은 씨 뽑았잖아." 팀장이 대답했다.

"신입은 원래 뽑을 예정이었잖아요. 제대로 일하려면 못

해도 1년은 걸릴 텐데."

권 대리의 말에 괜스레 얼굴이 화끈거렸다. 팀장이 소리 내어 웃더니 권 대리를 얼렀다. "우선 상황을 좀 보자."

의견을 이야기한 사람은 권 대리가 다였다. 팀장이 회의를 끝냈다. 나는 회의 내내 다물었던 입을 괜스레 벙긋거리며 수첩을 챙겼다. 지난주와 마찬가지로 이번 주에도 할 일이 없었다. 첫 출근 날 팀장은 내게 업무 매뉴얼과 다른 문서를 읽으면서 팀의 전반적인 분위기를 파악하라고 했다. 지시받은 업무는 그게 전부였다.

"박 과장님 어떡해요?"

"나가라는 거지."

뒤처진 팀원들이 거리낌 없이 말을 주고받았다. 신입이라고 매몰차게 대하거나 괴롭히는 사람은 없었지만, 그렇다고 내게 관심을 보이거나 의견을 묻는 사람도 없었다. 옆자리이자 사수인 권 대리와 나눈 대화도 손에 꼽혔다.

자리에 앉아 메신저를 확인했다. 연수원에서 친해진 기획팀 동기에게 일이 많아 힘들다는 메시지가 와 있었다. 자기에게 왜 이런 일까지 시키는지 모르겠다며 무섭다고 징징거렸다. 복에 겨운 줄 알라고 답장한 뒤 내 상황을 전했다. 동기가 우는 이모티콘 여러 개를 보내왔다. 퇴근 후 만나기로 약속하고 메신저 창을 껐다.

업무 자료에서 고객 리서치 매뉴얼이라고 적힌 파일을 열었다. 유귀동이라는 사원이 2003년 작성한 파일이었다. 읽어본 매뉴얼 중 가장 길고 상세했다. 한 문장에 걸쳐 모르는 단어가 나왔다. 하나씩 검색하며 읽다가 인터넷 창을 내리고 의자에 기댔다.

유귀동. 특이한 이름이었다. 특이하지만 들어본 적이 있었다. 구글에 회사 이름과 유귀동을 함께 검색했다. 2011년 회사 블로그에 올라온 유귀동 과장의 인터뷰가 떴다. 자기소개서를 쓰며 수없이 읽은 인터뷰였다. 회사를 향한 애정과 자부심으로 가득한 그녀의 이야기를 읽을 때면 없던 열정도 생기는 기분이 들었다.

유 과장은 2001년 스물다섯에 내가 있는 마케팅팀으로 입사했다가 3년 만에 기획팀으로 부서를 옮겼다. 그녀는 "내가 리더라는 생각으로 문제를 바라보면 답이 나온다"며 "고용되어 일한다는 생각보다는 기획에 대한 열정, 목표를 이루겠다는 절박함으로 다가가는 게 중요하다"고 말했다.

그녀라면 신입을 그저 지켜보기만 하진 않을 것이다. 하나하나 설명해주진 않더라도 적당히 어려운 일과 피드백을 줄 것 같았다. 그녀는 자신이 몸담은 회사에서, 맡은 분야에서 최고가 되고자 노력하는 사람이었다. 아직 회사에 있을까. 나는 회사 포털에 유귀동을 검색했다.

현재 회사에 근무 중인 유귀동은 한 명밖에 없었다. 입사 사진, 소속, 직위, 일하는 건물과 층수, 연락처가 차례로 떴다. 머리를 묶은 젊은 여자의 사진을 살폈다. 볼과 턱이 튀어나와 어딘가 둘리 같아 보였지만 눈은 훨씬 작았다.

인터뷰에 실린 유귀동 과장의 사진을 확인했다. 입사 때보다는 살이 좀 붙었지만, 그녀가 맞았다. 기획팀에서 일했던 유 과장은 현재 영업팀 차장으로 있었다.

무엇인가 이상했다. 입사일에 받은 안내서를 다시 읽었다. 영업팀은 15층에 위치했다.

유 차장은 15층에 있지 않았다.

점심시간이 가까웠다. 권 대리는 친한 팀원과 점심 메뉴에 대해 이야기하고 있었다. 나는 화장실에 가듯 사무실을 나왔고 1층으로 내려갔다.

로비로 나가자 서너 명의 사람과 유니폼을 입은 경비원이 보였다. 사람들의 얼굴을 돌아보고 쫓아가 쳐다봤지만 모두 유 차장은 아니었다. 오른쪽 게이트 앞에 서 있던 경비원이 내게 다가왔다.

"혹시 유귀동 차장님 어디 계신지 아시나요?"

그가 헛기침을 하더니 게이트 사이로 손을 뻗었다. "저기 계시긴 할 텐데 지금은……"

경비원의 대답을 들으며 홀린 듯 게이트 사이에 걸린 그림 가까이 걸어갔다. 빛바랜 진녹색 사무실에는 책상과 의자만이 덩그러니 놓여 있었다. 노트북은 덮였고 등받이가 메시 소재인 검은 의자는 책상 반대편 모서리까지 밀려나 있었다.

출근길에 본 그림이 아니었다. 노트북과 의자의 위치가 달랐고 무엇보다 사람이 없었다. 눈을 가늘게 뜨고 그림을 다시 바라봤다. 유 차장은 이곳에서 그림을 바꾸는 걸까. 그녀를 찾아 주변을 둘러보았다. 어느새 로비는 인적 없이 조용했고 경비원만이 자리를 지키고 서 있었다.

정면에서 식기가 맞부딪히는 소리가 났다. 소리를 따라 그림을 쳐다보았다. 책상과 의자 사이로 여자의 허리가 불쑥 솟아오르더니 뒤이어 어깨와 머리가 올라왔다. 여자가 의자에 앉은 뒤 도시락 뚜껑을 열고 밥을 떴다. 렌틸콩과 귀리가 섞인 듯한 자주색 잡곡밥이었다.

그림에 시선을 고정한 채로 천천히 뒷걸음질 쳤다. 오른발을 뒤로 내딛는데 구두 끌리는 소리가 났다. 여자가 수저를 내려놓고 의자를 돌렸다.

걸음을 멈추고 숨을 죽였다. 여자가 나를 보고 있었다. 그녀의 동공에 찍힌 녹색과 밝은 회색이 번지듯 흔들렸다. 그녀가 눈썹을 올리더니 입을 꿈틀거렸다.

"조금……" 이가 보이지 않을 정도로 작게 벌어진 입에서 나오는 목소리가 우스꽝스럽게 높아졌다. 여자가 헛기침했다. 나는 한 번 더 뒷걸음을 내디뎠다. "무례하네요." 그녀가 한결 잔잔해진 목소리로 말했다.

유 차장의 사진을 떠올렸다. 사진보다 낯빛이 어두웠고 살이 빠져 턱과 광대가 도드라졌지만, 이목구비는 여전했다. 그제야 목에 걸린 사원증과 액자 오른쪽에 설치된 출퇴근 기록기가 눈에 들어왔다. 출퇴근 기록기 아래 붙은 안내판에는 작가와 작품명 대신 직위와 이름이 쓰여 있었다.

여자에게 다가갔다. "저……" 목소리가 잘 나오지 않았다.

"응?" 여자가 상체를 앞으로 기울였다. 줄에 매달린 사원증이 허공으로 떨어져 덜렁거렸다. 영업팀 유귀동 차장. 사원증에 찍힌 글귀와 사진이 눈에 익었다.

"마케팅팀 신입 사원 김지은입니다." 두 번이나 여자의 말을 들었지만, 그림과 대화를 하고 있다는 게 믿기지 않았다. 손을 뻗어 그림에 대보고 싶은 충동을 억눌렀다.

유 차장이 턱을 숙이고 나를 반히 바라봤다.

"무슨 일인데요?" 그녀가 물었다.

어디서부터 어떻게 이야기해야 할지 알 수 없었다. 졸업 후 1년간 고쳐 쓴 자기소개서, 그녀의 인터뷰를 처음 본 날, 세 번의 인적성 시험, 연수원, 그리고 사원증을 목에 걸고 그녀를 마주하는 이 순간. 그러나 유 차장은 그림이었다. 그녀는 영업팀이었지만 15층이 아닌 1층에서 일했다.

"왜 여기 계세요?"

그녀에게 물었다. 유 차장의 얼굴이 미세하게 흐려졌다. 물결이 번지듯 짧고 두꺼운 선이 나타났다 사라졌다. 순식간의 일이었다.

"글쎄요." 그녀가 등을 의자에 붙였고 자세를 고쳐 앉았다. "왜일까요."

"그게 아니라," 더듬지 않으려 애쓰며 말을 이었다. "제가 매뉴얼을…… 아니, 인터뷰를 봤는데요……"

흰자에 돋아난 실핏줄과 갈라진 입술이 눈에 들어왔다. 암갈색 액자에 둘러싸인 유 차장은 작고 초라했다. 나는 그녀에게 허리를 숙여 사과한 뒤 왼쪽 게이트로 몸을 돌렸다.

엘리베이터 문이 열리는 소리가 들렸다. 게이트 밖으로 사람들이 한가득 쏟아져 나왔다. 권 대리와 그녀의 무리가 이야기를 나누며 걸어갔다. 팀장과 다른 팀원들의 모습도 보였다. 서둘러 그들을 따라가며 휴대폰을 확인했다. 그들에게 온 메시지는 없었다. 로비에 멈춰 섰다. 아무도 나를 찾지 않았다. 팀원들이 출입문 밖으로 걸어 나갔다.

그림에서 몇 걸음 떨어졌을 뿐이었다. 뒤돌아 유 차장을 보자 그녀가 황급히 시선을 피했다. 나는 카드를 찾아 주머니를 더듬었고 1층 편의점으로 걸음을 옮겼다.

"지은 씨."

그림을 돌아봤다.

"점심 같이 먹을래요?"

유 차장이 내게 물었다.

편의점에서 의자를 빌려 액자 앞에 앉았다. 소불고기가 반찬으로 든 편의점 도시락을 허벅지에 놓고 숟가락을 들었다.

유 차장과 나는 말 한마디 없이 밥을 먹었다. 밥알이 목구멍에 걸리는 기분이 들었다. 김치를 잘못 삼켜 코끝이 아리는 바람에 재채기도 했다. 유 차장이 음식이 가득 찬 볼을 씰룩이며 웃었다.

"너무 답답하지 않아요?" 그녀가 말했다. "입에 거미줄 치겠다."

"거미줄요?" 불고기를 우물거리며 물었다.

"에이, 지은 씨. 그렇게 얘기하면 입안이 다 보이지." 그녀가 통명스럽게 말했다. 나는 입을 가리고 불고기를 삼켰다.

"언제부터 나온 거예요?"

"1월 2일요."

"팀은 어때? 적응은 잘 돼가요?"

유 차장은 쏟아내듯 이것저것 물었지만 정작 내 대답에는 별다른 관심을 기울이지 않았다. 나는 최대한 에둘러 내가 처한 상황을 설명했다.

"보니까 지은 씨가 눈을 잘 안 보네. 웃지도 않고." 그녀가 말했다. "상사한테 말은 해봤어요?"

"네, 뭐 하면 되냐고……" 말끝을 흐렸다.

그녀가 소리 내서 웃었다. "인사는 하지?"

질문에 답하려는데 그녀가 말을 가로막고 나섰다.

"지은 씨가 적극적으로 해야지. 좀 도와드릴까요, 이렇게 하면 될까요, 하면서. 안 그러면 다들 바빠서 신경 못 써."

나는 유 차장의 말에 동의할 수 없었다. 무엇보다도 그림이 된 그녀에게 신뢰가 가지 않았다.

"잘 먹었습니다." 고개를 건성으로 끄덕여 보이고 자리에서 일어났다. 빈 도시락과 의자를 챙겼고 곧장 편의점으로 걸어갔다.

"크게 말해, 하나도 안 들려." 그녀가 내 등 뒤에 대고 소리쳤다. 로비를 울리는 소리가 부끄러웠다. 나는 1층으로 내려온 것을 후회하며 사무실로 돌아갔다.

점심을 먹고 들어온 권 대리에게 다가가 인사를 건넸다. 그녀가 무슨 일이 있냐고 묻는 것처럼 눈을 크게 떠 보였다.

"도와드릴 게 있을까요?" 그녀에게 물었다.

"곧 바빠질 텐데 쉬엄쉬엄하세요." 그녀가 대답했다.

알겠다고 대답한 뒤 자리로 돌아갔다. 모니터에는 점심시간 전 띄워둔 유 차장의 매뉴얼과 회사 포털 창이 그대로 떠 있었다. 권 대리가 옆자리에 앉았다. 그녀가 머그잔에 담은 커피를 마시는 소리가 들렸다.

"대리님." 의자를 그녀 쪽으로 돌렸다. "오전부터 고객 리서치 매뉴얼을 읽는 중인데 읽기만 해서는 이해가 잘 안 가서요. 연습할 겸 실제 리서치를 한번 해볼까요?"

그녀가 머그잔에 입을 댄 채로 나를 쳐다봤다.

"아…… 안 하셔도 되는데. 그럼 해보시겠어요?"

그러겠다고 대답했다. 대화가 끝나자 권 대리는 곧바로 의자를 책상에 붙이고 일에 집중했다. 나는 유 차장의 매뉴얼 옆에 새 워드 파일을 띄웠다. 입사 이래 가장 행복한 순간이었다. 매뉴얼에 따라 자료를 찾자 업무를 배우는 기분이 들었다.

두세 시간 집중했다고 생각했는데 시계를 보니 어느새 퇴근 시간이었다. 팀장은 일어날 생각이 없어 보였고 팀원들도 퇴근 시간을 잊은 듯 움직이지 않았다.

권 대리를 돌아보았다. 벌써 컴퓨터를 끄고 가방을 싸는 중이었다. 그녀가 휴대폰으로 초시계를 켰다. 5시 59분하고 40초가 지나자 의자를 사무실 입구 쪽으로 돌렸다. 잘 가라는 뜻으로 그녀에게 머리를 숙여 보였다. 그녀가 나를 물끄러미 보더니 고개를 살짝 숙이고는 사무실을 나갔다.

기분이 좋지 않았지만, 어쨌거나 퇴근이었다. 동기가 퇴근까지 시간이 조금 걸리겠다며 기다려달라는 메시지를 보내왔다.

모니터에 띄워놓은 매뉴얼과 리서치 파일을 닫았다. 유 차장의 매뉴얼은 친절하고 합리적이었다. 그녀는 왜 그림이 되었을까. 회사 포털을 띄워 다시 한번 유귀동을 검색했다. 여러 게시물이 떴는데 그중 상당수가 기획팀의 워크숍 사진이었다. 유 차장은 작년 가을까지 1년에 두 번씩 워크숍 사진을 올렸다. 사진 대부분에서 그녀는 첫 줄 가운데에 앉아 있었다.

동기에게 유 차장을 아느냐고 물었다. 답은 바로 오지 않았다.

"아이고, 지은 씨." 팀장의 목소리가 들렸다. "뭘 그렇게 열심히 해?"

허리와 목을 세우고 파티션 밖을 내다봤다. "말씀해주신 대로 업무 매뉴얼을……"

"그만하고 가." 그가 손을 내저으며 창가 자리로 돌아갔다.

컴퓨터를 끄고 뒤돌아 팀장과 팀원들에게 인사했지만 아무도 돌아보지 않았다. 쫓기듯 사무실을 나섰다. 그새 동기에게 메시지가 와 있었다. 팀 회식을 하게 되었다는 내용이었다.

—저녁은 다음에 먹자. 유 차장님은 이름만 들어봤어. 우리 팀 팀장이었대.

—팀장? 근데 왜 영업팀으로 갔대?

동기는 답이 없었다.

엘리베이터에 타며 유 차장을 다시 만나면 고맙다는 인사를 해야겠다고 생각했다. 매뉴얼과 인터뷰에 대해서도 이야기하고 싶었다. 로비에서 내려 출입문으로 가는데 멀리서 작게 바스락대는 소리가 들렸다. 그림을 돌아보자 자리에 앉은 유 차장이 보였다. 그녀가 의자 밑에서 무엇인가를 꺼내 입에 넣었다. 아무 일도 없던 것처럼 허리를 세우고는 아랫입술과 양 볼을 조금씩 움직였다.

"퇴근 안 하세요?" 그녀에게 말을 걸었다.

그녀가 놀라 나를 바라보았다. "지은 씨구나." 안심한 듯 웃었다. 벌어진 입안에 침으로 눅진해진 과자 부스러기가 보였다. 그녀가 책상 아래에서 감자칩 봉지를 꺼냈다.

문신 위로 돋아난 눈썹, 눈꺼풀과 주름, 팥죽색 입술과 그 사이로 드러난 잇몸이 그림이라기엔 너무 생생했다.

"번잡하니까 조금 있다 가려고." 유 차장이 감자칩을 한 움큼 집더니 내게 건넸다. 얼떨결에 손을 오므려 그림 밖으로 떨어지는 과자를 받았다. 과자는 그림에서 보는 것보다 조금 더 컸다.

그녀에게 오늘 있었던 일을 전하며 커피든 뭐든 보답을 하고 싶다고 말했다.

"음……" 그녀가 머리카락을 잡고 가볍게 흔들었다. "밖에 나가기가 쉽지 않아." 뭉친 머리카락에 진한 붓 자국이 보였다.

"고마우면 과자나 먹다 가." 그녀가 말했다.

그림 앞에 서서 그녀를 마주 봤다.

"지은 씨는 쉴 때 뭐해?" 그녀가 물었다.

"주로 친구 만나고요. 전에는 필라테스도 했는데 지금은 안 하고…… 아, 마케팅 책도 조금씩 읽고 있어요. 좀 배워야 할 것 같아서."

"잘하네." 유 차장이 한숨을 쉬었다.

그녀의 옆얼굴이 한층 야위어 보였다.

"자기는 왜 여기 지원했어?" 그녀가 물었다.

감자칩을 입에 넣고 으스러트리며 그녀를 바라봤다.

"여기서 일하라는데 싫다 할 사람이 있을까요? 제품 잘 만들고 초봉 높고. 멋있잖아요, 말하면 다 아는 회사."

"그렇지……" 그녀가 감자칩을 든 손을 멍하니 응시했다.

손에 남은 과자 양념을 털어내고 유 차장에게 조금 더 다가갔다.

“퇴근하면 뭘 해야 할지 모르겠어.” 그녀가 혼잣말처럼 중얼거렸다. “잠도 안 오고.”

“운동은 어떠세요? 저는 필라테스하면 생각이 좀 정리되더라고요.”

“무릎이 아파.”

“그럼 수영이 좋아요. 저 고등학교 때 수영부였거든요.”

“에이, 수영은 또 무슨……”

그녀가 고개를 젖히고 봉지에 남은 감자칩 부스러기를 입안에 쏟아 넣었다.

“일 말고 한 게 없어.” 그녀가 빈 과자 봉지를 접었다.

“다 그렇죠.”

유 차장이 기가 막힌다는 듯 눈살을 찌푸리며 웃었다.

유 차장과의 점심은 두 주 동안 이어졌다. 로비가 한산한 시간에 내려가 편의점 의자를 빌리고 그림 앞에 앉았다. 그녀는 자주 자신이 담당하던 프로젝트에 대해 말했다. 그녀만의 노하우를 알려줬고 회사에서는 혼자 할 수 있는 일이 없다고 반복해서 이야기했다. 그 외의 시간에는 새로 시작한 수영 강습 얘기를 했다. 수영하며 마신 물이 일주일 동안 마신 물의 반은 되겠다며 툴툴거렸지만, 매일 꾸준히 나가는 모양이었다.

"그래도 잠은 잘 오더라." 금요일 점심에 전날 평영을 배웠다는 유 차장이 말했다.

나는 그것 보라는 표정으로 빅맥의 포장을 풀었다.

"우리 반에 헤어 디자이너도 있고 중학교 선생도 있는데 말들을 너무 재미있게 잘하고." 그녀가 말을 이었다. "끝나고 밥도 먹자 하더라?"

빅맥을 두어 번 씹고 감자튀김을 입속에 집어넣었다. 끊임없이 자신의 이야기만 늘어놓는 그녀가 조금 피곤했다.

"근데 평영이 어렵더라."

그녀가 도시락을 책상에 놓고 팔 동작을 해 보였다. 팔을 불필요할 정도로 넓게 뻗어 내리더니 허리 앞에서 손을 모았다.

"잘 배우셔야 돼요, 평영이 속도는 느려도 가는 방향을 볼 수 있어서 생존 수영이라고 하거든요."

자리에서 일어나 빅맥과 감자튀김을 의자에 내려놨다.

"이렇게요, 물을 가슴 쪽으로 모은다고 생각하세요. 물 밖으로 상체를 최대한 빼서 숨을 들이마셔야 돼요."

그녀가 나를 보며 팔을 허우적댔다.

"아니 팔을," 손을 뻗어 그녀의 팔을 잡았다. 순간 손가락을 비롯한 왼쪽 팔이 그림으로 들어갔다. 그대로 멈춰 서서 작아진 팔을 내려다봤다. 심장이 세게 뛰고 어지러웠다. 그대로 팔을 잡아 빼면 어떻게 될까. 이렇게 작아진 채로 영영 덜렁거리면 어쩌지. 짧은 순간에 온갖 생각이 머리를 스쳤다.

그때 유 차장이 내가 잡은 자신의 팔을 액자 밖으로 밀었다. 나는 그녀의 상체와 함께 그림에서 한 걸음 밀려났다. 그녀의 얼굴과 어깨가 커졌다.

"어?" 그녀가 그림 밖으로 나온 자신의 몸을 굽어봤다.

그녀에게서 손을 떼고 어깨와 팔을 확인했다. 손과 팔이 원래의 크기로 돌아와 있었다. 덜그럭거리는 소리가 들리더니 흰 대리석 바닥에 털이 복슬복슬한 판다 슬리퍼, 레깅스와 검은 치마가 나타났다.

목덜미와 윗등에 소름이 끼쳤다. 어깨를 움츠리고 위를 올려다봤다. 유 차장의 얼굴이 보였다. 그녀가 얼굴에 붙은 물감을 잡아뗐다. 마른 물감 부스러기가 떨어져 내렸다. 다리에 힘이 풀려 몸이 휘청였다. 균형을 제때 잡지 못해 몸이 뒤로 기울었고 손을 뻗어 바닥을 짚었다.

유 차장이 태연하게 베이지색 카디건과 파란 스카프에 붙은 물감을 털어냈다. 옷보다 조금 밝거나 조금 짙은 색의 물감 덩어리들이 흐늘거리며 떨어졌다.

"나올 수 있는 거예요?" 목소리가 자연스럽게 나오지 않았다.

"가끔." 그녀가 대답했다. "출퇴근은 해야지."

유 차장이 내민 손을 잡고 자리에서 일어났다. 그녀는 생각보다 키가 컸다. 몇 걸음 떨어진 곳에서 상황을 지켜보던 경비원이 출입문 쪽으로 걸음을 옮겼다.

"맘대로 못 나와요?" 그녀에게 물었다.

"애매한데……" 그녀가 머뭇거렸다. "몸에 힘이 없다는 느낌이 들어. 이게 달라붙기도 하고." 그녀가 물감이 붙은 소매를 들어 올렸다. 나는 조명에 따라 번들거리는 물감 덩어리를 자세히 살폈다. 마치 어디서 유화라도 그리고 온 모양새였다.

편의점에서 의자를 하나 더 빌렸다. 그녀가 그림에 손을 넣어 도시락을 꺼냈다. 우리는 그림 앞에 앉아 함께 점심을 먹었다. 그녀가 평영에 대해 물어서 팔 동작을 다시 알려줬다. 그녀는 잘 알아듣지 못했다. 나는 인터넷에 동영상이 많다고 설명했다.

직원들이 하나둘 로비로 들어왔다. 유 차장과 나는 그림에 더 가까이 붙어 앉았다. 출입문으로 들어오는 사람을 살피던 내가 동기를 알아보고 손을 흔들었다. 동기가 알은체하며 웃었다. 손에 든 빅맥으로 시선을 옮기는데 유 차장의 뒤통수가 보였다. 그녀가 벽 쪽으로 얼굴을 돌린 채 바닥을 내려다봤다. 동기와 유 차장의 이전 팀원들이 게이트를 통과

했다. 유 차장이 눈을 들어 나를 바라봤다.

의자를 밀치고 일어나 그녀에게서 물러섰다.

유 차장의 턱과 이마, 머리카락이 갈라진 틈에서 낮은 채도의 녹색과 붉은색이 흘러나왔다. 양 볼과 눈두덩에도 젖은 모래처럼 물감이 차올랐다. 눈동자에 맺힌 희고 푸른빛이 휘돌며 점점 커졌고 흰자위가 탁해졌다.

그녀에게 등을 돌리고 서둘러 게이트를 향해 걸었다. 등 뒤에서 무엇인가 쓸려 내려가는 소리가 들렸다. 무겁고 질척한 무언가가 끊임없이 바닥을 스쳤다.

동기에게 퇴근 후 만나자는 연락이 왔다. 사람들 틈에 숨어 로비를 지났다. 혹시라도 유 차장과 눈이 마주칠까 두려워 뒤는 돌아보지 않았다.

동기와 만나 유명한 족발집으로 향했다. 금요일 저녁이라 웨이팅이 있었지만, 근황을 이야기하는 사이 금세 차례가 왔다. 자리를 잡고 메뉴를 고르자 동기가 내 쪽으로 얼굴을 기울이고 물었다.

"너 유 차장님이랑 친해?"

"그냥 어쩌다."

대답을 들은 동기가 머리를 갸웃하더니 물을 들이켰다.

"놀랐잖아, 같이 있어서."

"저번에 물어봤잖아, 유 차장님 아냐고." 동기에게 대꾸했다.

"워낙 소문이 도니까. 그냥 물어본 줄 알았지."

동기는 뒤늦게 유 차장에 관한 이야기를 털어놓았다. 기획팀은 단합을 중요하게 생각하는 팀장 때문에 늘 함께 점심을 먹었고 회식도 자주 했다. 그러다 분위기가 한 번씩 가라앉을 때가 있었는데 바로 유 차장 이야기가 나올 때였다. 유 차장이 진행하던 프로젝트가 적지 않아서 일하다 보면 그녀의 이름이 나올 수밖에 없었는데 그런 상황에서도 팀원들은 유 차장을 직접 언급하지 않으려 조심했다. 출근 후 며칠 만에 그런 낌새를 파악한 동기도 유 차장에 대해서는 말을 아꼈다. 동기는 최근까지도 그녀가 어떻게 생겼는지, 아직 회사에 있는지도 알지 못했다고 했다.

"그러다 월요일에 사수가 갑자기 유 차장 얘기를 하는 거야."

동기는 사수의 말을 그대로 전했다.

"옮긴 지 한 달도 넘었는데 업무 평가를 해달라는 게 말이 되냐?"

"무슨 업무 평가요?"

동기가 물었다.

"그냥 욕 써달라는 거지. 나가게."

사수는 본인과 바로 직속 상사인 대리가 작년 인사이동 후

팀에 남은 유일한 사람이라고 덧붙였다.

"사람이 피곤하긴 해도 일은 잘했거든. 근데 부사장 바뀐다고 유 팀장까지 싹 갈리는 거 보고 진짜 한순간이다, 싶더라."

인사팀에서는 사직을 권고했지만 유 차장은 받아들이지 않았다. 그녀는 출근을 계속했고 주어진 일이 없어도 개의치 않는 것처럼 보였다. 유 차장의 자리는 곧 1층 액자로 바뀌었다.

동기는 족발이 나오기 전에 이야기를 끝냈다. 유 차장의 사연은 길지 않았다. 그녀가 팀을 나간 뒤 새로 들어온 팀장부터 그녀와 함께 일하던 대리와 동기의 사수까지, 기획팀 팀원이 적은 업무 평가는 다음 주면 유 차장에게 전해질 예정이었다.

*

"박 과장님 사표 썼대."

카페 의자에 비스듬히 앉은 팀원이 회계팀으로 발령된 박 과장의 소식을 전했다.

"아니, 사람이 빠지면 그만큼 채워줘야 하는 거 아니에요?" 권 대리가 중얼거렸다. "일은 똑같은데."

곧이어 팀장이 카페로 들어왔다. 그가 자리에 앉은 팀원들을 살펴보더니 웃음기 없는 얼굴로 인력 충원은 당분간 없을 거라고 말했다. 권 대리가 팀장을 쳐다봤지만, 그는 그녀 쪽으로 고개도 돌리지 않은 채 회의를 진행했다.

팀원들의 한 주 계획을 듣고 지난주 일을 보고 받은 뒤 팀장이 나를 돌아봤다.

"지은 씨는 요새 뭐해?"

팀원들의 시선이 내게 쏠렸다. 회의에 참석하고 처음 있는 일이었다.

"매뉴얼을 따라 고객 리서치를……" 주간 보고서를 떠올리며 간신히 입을 열었다.

"권 대리." 팀장이 낮은 목소리로 말했다. "불평만 하지 말고 막내 좀 챙겨."

권 대리가 붉어진 얼굴을 들고 팀장과 팀원들을 바라보았다.

"듣고 있어?"

"네, 팀장님."

"밥도 같이 먹고, 좀 친해지라고."

"그렇게 하겠습니다."

권 대리는 당장이라도 의자를 박차고 나갈 것처럼 초조하고 불안해 보였다. 팀장은 그녀의 반응에는 아랑곳없이 회사에 대한 이야기를 계속됐다. 외부에서는 회사가 재작년부터 위기를 맞았다고 했지만, 팀원 중 누구도 회사가 무너질 거라고 생각하지 않았다. 불안한 시기만 지나면 회사는 곧 제자리를 찾아갈 것이었다. "이럴 때 주식 좀 사놔야죠." 누군가 농담처럼 말했다.

회의가 끝나자 권 대리는 팀장 다음으로 카페를 나섰다. 사무실로 돌아가 자리에 앉자마자 그녀는 한 손으로 휴대폰을 확인했고, 다른 손으로는 컴퓨터로 인터넷 창을 띄웠다.

그녀에게 다가가 죄송합니다,라고 작게 말했다.

"네? 잠깐만요." 권 대리가 티켓 예매 사이트에 들어가 뮤지컬 캐스팅 일정을 확인했다. 휴대폰을 내려놓고 얼굴을 양손에 파묻더니 다시 나를 바라봤다. 지금까지 봤던 그녀의 얼굴 중 가장 행복해 보였다.

"뭐라고요?" 그녀가 물었다.

"아니, 아까 저 때문에……"

"그게 왜 지은 씨 때문이에요." 그녀가 미소 지으며 고개를 저었다.

"성공하신 거예요?" 모니터에 뜬 캐스팅 일정을 가리켰다. 그녀가 확인한 날짜에는 유명 뮤지컬 배우의 이름이 쓰여 있었다.

"언니한테 부탁했는데 예매 성공했대요." 그녀가 감정을 주체할 수 없다는 표정으로 손을 모았다.

나는 권 대리와 뮤지컬에 대한 이야기를 몇 마디 더 주고받았다.

"점심은 어떻게 할래요?" 그녀가 물었다. "혼자 먹지 말고 같이 먹어요."

"아니, 같이 먹는 분이 있는데……"

권 대리가 의외라는 표정을 짓더니 무엇인가를 말하려다 입을 다물었다.

"사정 말씀드리고 오늘은 대리님이랑 먹을게요."

유 차장이라면 오히려 잘됐다고 말할 게 분명했다. 네가 먼저 얘기를 꺼냈어야지, 하며 훈수를 둘지도 몰랐다.

권 대리가 얼굴을 살짝 찌푸리고 나를 지그시 바라봤다.

"그래요, 그럼." 그녀가 옅은 미소를 짓더니 모니터로 몸을 돌렸다.

권 대리를 따라 엘리베이터를 타는데 불안한 기분이 들었다. 팀원들이 찌개가 맛있다는 식당 이름을 말하며 괜찮냐고 물었다. 눈빛과 분위기가 평소와 달랐다. 뭐든 다 좋다고 대답하는데 엘리베이터 문이 열렸다. 권 대리와 팀원들이 먼저 복도로 나갔다. 유 차장 이야기를 꺼내려는데 권 대리가 먼저 알겠다는 눈짓을 하며 게이트를 지나갔다. 그녀와 팀원들의 뒤를 따라 느리게 로비로 걸어 나갔다. 게이트에 사원증을 찍으며 액자를 돌아봤다.

그림은 첫날 봤던 그대로 걸려 있었다.

"왜 이래?" 의자에 앉은 유 차장이 눈을 깜빡였다. 그녀의 작은 눈과 처진 눈꺼풀을 보자 왠지 모르게 마음이 놓였다.

"뭘 웃니." 그녀가 턱짓으로 날 가리키며 희미하게 웃었다.

권 대리와 함께 점심을 먹기로 했다는 소식을 전했다.

"잘했다." 그녀가 다문 입으로 웃었다.

허리를 숙여 인사하고 돌아섰다. 출입문 앞에서 뒤를 돌아보자 책상을 내려다보는 그녀의 옆모습이 보였다. 평소라면 도시락을 꺼냈을 시간이었다. 다시 그녀에게 다가갔다.

"괜찮으세요?"

유 차장이 눈을 피했다. 그녀의 눈과 귀에 녹색과 붉은색의 물감 자국이 피어났다. 피부에 엉겨 붙은 선이 두꺼워지다 거칠게 뒤섞였다. 의자나 책상, 노트북은 모두 선명했다. 노트북 옆에 놓인 종이 몇 장이 눈에 들어왔다.

자기 말만 정답인 줄 안다, 고집이 세다, 일을 피곤하게 한다, 눈치껏 나갔으면 좋겠다.

그보다 더 심한 말이 적혀 있을지도 몰랐다.

이끼 같은 물감이 그녀의 정수리에 달라붙었다. 정수리만이 아니었다. 온몸이 진녹색으로 물들어가고 있었다. 이목구비를 알아볼 수 없을 정도로 색이 뒤섞인 유 차장의 얼굴을 바라보았다. 그녀가 몸을 움츠렸다. 그녀의 몸이 여러 겹의 물감으로 뒤덮였다.

"그거 다 그렇게 쓰라고 시킨 거래요." 그녀에게 말했다.

물감 속에서 힘겹게 숨을 쉬는 소리가 들렸다. 주변을 살폈지만 모두 뒤 한번 돌아보지 않고 출입문을 나서고 있었다. 멀리서 나를 바라보는 경비원에게 손을 흔들고 유 차장을 가리켰다. 경비원이 난처한 얼굴로 고개를 저었다.

"평영 배웠잖아요." 그림에 더 가까이 다가가 말했다. "밖으로 상체를 빼야 돼요. 그래야 숨을 쉬고 다시 들어갈 수 있어요."

그림에서는 아무 소리도 들리지 않았다.

그림으로 손을 뻗었다. 액자에 손을 대고 살짝 힘을 주자 그림이 와이어를 따라 좌우로 흔들렸다. 짙은 녹색 덩어리처럼 보이는 유 차장이 그림이 기우는 방향으로 조금씩 움직였다.

액자를 잡고 들어 올려 와이어에 걸린 고리를 뺐다. 그림이 생각보다 무거워 내동댕이치지 않기 위해 팔다리에 힘을 주어야 했다. 그림을 조심스럽게 바닥에 내려놓았다.

"나와요."

그림에서 미세한 소리가 들렸다. 쭈그려 앉아 그녀에게 귀를 기울였다.

“못 가.” 유 차장이 말하고 있었다. “움직일 수가 없어.”

어떻게 해야 할지 몰라 주위를 둘러보았다. 출입문까지 스무 걸음도 되지 않았다. 수많은 사람이 아무렇지 않게 지나는 곳이었다.

그림에 손을 넣었다. 보이지 않는 물감 속을 짚어가며 유 차장의 목에 걸린 사원증을 잡아당겼다. 손을 잡아 빼자 물감에 작은 틈이 생겼다. 벽에 붙은 출퇴근 기록기에 사원증을 찍고 유 차장에게 다시 건넸다. 그녀가 벌어진 틈으로 사원증을 받았다.

액자를 집어 들고 문밖으로 걸었다. 천천히, 조금 더 빠르게. 만약 회사를 나선다면 유 차장은 어떻게 될까. 아무 일 없다는 듯 그림 밖으로 나올까. 영영 물감으로 뒤덮일지도 몰랐다.

“멈추세요.” 경비원이 소리쳤다.

출입문만 보고 걸음을 재촉했다. 경비원의 다급한 발소리가 근처까지 다가왔다. 나는 출입문을 팔꿈치로 밀어 열고 회사 밖으로 발을 내디뎠다. 뒤따라온 경비원이 닫히는 문을 잡았다.

“들고 가면 안 됩니다.” 그가 말했다.

“점심도 못 먹어요?” 그를 비롯한 근처의 사람들이 듣도록 목소리를 높였다. 계단을 내려가던 사람들이 뒤를 돌아봤다.

"같이 점심 먹어요." 액자를 내려놓고 그녀에게 말했다.

벌어진 물감 사이로 유귀동의 웃음소리가 들렸다.

우리 집에 놀러 와

7일째

아파트 중앙 광장으로 장대비가 쏟아진다. 6층 베란다 난간까지 차오른 물이 창에 부딪쳐 출렁이고 어느 베란다에 묶인 분홍색 도넛 튜브가 조금씩 떠내려가다 제자리로 향한다.

광장 한가운데 물에 잠긴 느티나무 잎이 흔들린다. 잎끝에 고인 빗방울이 수면으로 흘러내려 파동을 일으키고 더 아래로, 물 흐름을 따라 움직이는 느티나무 가지와 수십 개의 베란다, 공동 현관을 지나 바닥으로 떨어진다.

경적이 나고 백색 등을 단 소형 여객선 하나가 단지로 들어온다. 열댓 명이 우비를 입고 갑판에 서 있다. 대부분 우산을 썼고 몇몇은 접은 우산을 말며 선두로 걸어간다. 누군가

틀어놓은 뉴스 소리 사이로 "109동 내리세요," 외치는 소리가 들린다.

벌써 일주일째 곳곳에 침수 피해가 이어지고 있습니다.

상연이 검은 삼단 우산을 비스듬히 들고 아파트를 올려다본다.

2030년 대홍수를 뛰어넘는 기록이 나오면서 당시 정부 대책에 실효성이 없었다는 말도 나오는데요. 봄까지 이어진 폭설이 녹으면서 일차로 강물이 불어났고 여기에 폭우까지 더해 짧은 시간에 수위가 급격히 높아졌다는 분석입니다.

상연이 102동에 내린다. 우비를 정돈하고 우산대를 목과 어깨 사이에 걸친 채 임시 계단을 오른다. 계단이 흔들리자 욕을 하다, 아직 떠나지 않은 배를 흘깃 보고는 입을 다문다.

6층과 7층 사이에 난 창문을 지나 복도로 들어선다. 상연을 따라 들어온 물비린내가 아파트 복도에 퍼진다. 상연이 7층으로 올라가 엘리베이터 버튼을 누른다. 아래를 가리키는 화살표 버튼에 불이 들어오고 20층에 있던 엘리베이터가 내려온다. 그가 바지와 소매에 묻은 물방울을 털며 엘리베이터에 올라탄다.

문이 닫히자 이퀄라이징 불빛이 들어온다. 상연이 코를 잡고 콧김을 분다. 7에서 6으로, 6에서 5로 숫자가 바뀌는 동안 그가 천천히 몸 안의 기압을 밖과 맞춘다. 이퀄라이징 불빛이 꺼지고 엘리베이터 문이 열린다. 아이보리색 페인트를 칠한 5층 복도에 안개처럼 곰팡이가 번져 있다. 그가 집으로 들어간다.

현관문을 연 상연이 흩어진 대여섯 개의 신발을 발로 밀어 치운다. 티브이 소리와 함께, 멀지 않은 곳의 공사 소음처럼 제습기 돌아가는 소리가 들린다. 상연이 거실 탁자에 앉은 은숙과 서연을 본다.

"엄마 일찍 왔네." 상연이 말한다.

파인애플 양 끝을 잡은 은숙이 턱짓으로 인사한다. 새카맣게 염색한 머리 사이에 짧고 흰 머리카락 보인다.

"어르신 한 분이 갑자기 일이 생겼대." 서연이 대신 대답하며 은숙의 손 위로 파인애플을 잡는다. "이렇게 하면 되는 거 아니야?" 파인애플 열매 위쪽과 잎을 잡고 반대 방향으로 돌린다. 손이 헛도는가 싶더니 곧 잎이 돌아가고 열매에서 떨어진다.

은숙이 눈을 크게 뜨며 손바닥을 맞부딪친다. "된다, 돼." 그녀가 파인애플 잎을 들고 부엌으로 급히 걸어간다.

방문이 열리고 머리를 하나로 묶은 남자아이가 나온다. 둥근 얼굴에 눈이 작고 살집이 있다.

"율아, 아빠 왔다." 상연이 아이에게 다가가 팔을 뻗는다. 율이 몸을 돌려 피한다.

“뭐야.” 상연이 초크를 걸듯 율의 목을 팔로 감싼다. 율이 발버둥 치며 웃다가 손에 든 태블릿을 내민다. 상연이 태블릿을 들여다본다. “장난 아닌데?”

“다 이겼어요.”

상연이 짧게 웃고는 율을 놓는다. 그가 바닥에 깔린 매트리스를 지나 베란다로 다가간다. 베란다는 방수벽에 가려 보이지 않는다. 상연이 쭈그려 앉아 바닥과 닿은 이음매를 보고 다시 몸을 일으켜 벽 곳곳을 만져본다.

“고모가 봤는데.” 율이 소파에 걸터앉았다가 다시 일어나 상연을 따라간다. “괜찮대요.”

상연이 손을 뻗어 방수벽에 난 작고 둥근 창을 살핀다. 뿌옇고 어두운 물 곳곳에 빛줄기를 따라 초록이 번진다. 물고기 몇 마리가 주위를 헤엄치고 멀리 아파트 중앙에 심긴 느티나무의 형체가 보인다. 율도 발돋움을 하고 창을 보지만 머리끝이 창틀에 닿을 뿐이다.

“관리 사무소에서도 한 번 왔어.” 서연이 파인애플을 깎아 자른다. “멀쩡해.”

은숙이 파인애플 잎과 줄기를 유리잔에 담아 거실과 부엌 사이 수납장에 놓는다. “파인애플값 좀 벌어보자.” 그녀가 노래하듯 말한다.

“뿌리부터 나야 한다며.” 서연이 은숙을 돌아본다.

은숙이 잎을 매만지며 콧노래를 흥얼거린다.

상연이 소파에 앉고 율은 매트리스를 끌어다 그 위에 서서 창밖을 내다본다. 서연이 율을 힐긋 봤다가 파인애플을 마저 자른다. 상연이 티브이 소리를 키운다. 폭우 피해를 전하는 뉴스가 계속된다.

은숙이 혀를 차고 소파에 기대앉는다.

"이사 오길 잘했다." 은숙이 말한다.

"또 고생할 뻔했어." 서연이 맞장구친다. "그때는 집에 들어가지도 못하고."

"앞이 깜깜했지." 은숙이 한입 크기로 자른 파인애플을 집어 먹는다. 하나씩 더 집어 상연에게 건네고 서연의 입에도 넣은 뒤 율에게 가져간다. 율이 인상을 찌푸리며 고개를 젖히다 마지못해 파인애플을 먹는다. "우리 율이는 아빠랑 둘이 살던 때라 모르지?" 은숙이 율의 등을 가볍게 두드리자 율이 귀찮다는 듯 어깨를 올렸다 내린다.

"오빠, 쟤는 이제 대답도 안 해." 서연이 상연을 돌아본다. 상연은 대답 없이 티브이에 집중한다. 은숙이 탁자로 돌아와 파인애플을 하나 더 집어 먹는다.

율이 서연에게 눈을 치켜떠 보이고는, "그때도 물고기가 나왔어요?" 은숙에게 묻는다.

"어이고." 은숙이 침을 삼키며 입을 연다. "물고기는 무슨.

사방에 흙이, 흙이."

"그때 그 거북이가 먹어서 그런 거 아니야?" 서연이 덧붙인다.

"무슨 또 거북이야." 은숙이 웃는다.

"왜? 기억 안 나? 서랍장 위에 멀뚱히 있었잖아, 입도 벌리고." 서연이 태연히 말한다.

율이 창밖으로 다시 고개를 돌린다. 휴대폰을 들여다보던 상연이 싱겁게 한 번 웃는다. "보증금 비싸다고 투덜거릴 때는 언제고."

서연이 상연을 돌아보더니 가볍게 찌른다. "잘했다, 잘했어그래."

"율, 기대면 안 된다." 상연이 휴대폰을 보며 건성으로 말한다. 율이 대답 없이 창밖에 집중한다.

"뭐가 보이긴 해?" 서연이 묻는다. 율은 여전히 대답이 없고 뉴스가 이어진다. 서연이 채널을 돌리자 은숙이 뉴스로 채널을 되돌린다.

"아이." 서연이 은숙을 돌아보다가 벌떡 일어난다.

"어디 가." 은숙이 묻는다.

"내가 갈 데나 있나." 서연이 매트리스로 다가간다. "야, 김율. 내려가."

"잠깐만." 율이 인상을 찌푸리더니 오른손 검지로 창을 툭 툭 친다. 무슨 신호를 보낸 것처럼 유심히 창문을 본다.

"율아." 상연이 율을 쳐다본다. "치면 안 된댔지."

"저거 봤어?" 율이 다급히 서연을 돌아보며 묻는다.

"뭐." 서연이 매트리스에 올라가 율 옆에 선다.

율이 주먹을 쥐고 창을 두드린다.

"김율!" 상연이 목소리를 높인다. 은숙이 나란히 선 율과 서연을 바라본다.

"저기!" 율이 손가락으로 창밖을 가리킨다. "하얗게 반짝이는 거 안 보여?"

서연이 목을 한껏 늘렸다가 다시 제대로 선다. "그냥 빛 아니야?"

"아니." 율이 창에 손가락을 대고 소리친다. "저 돌고래 같은 거. 저기 꼬리 있잖아."

"너 이제 그만 봐." 상연이 빠르게 다가와 율의 팔을 잡는다. "자꾸 건드려."

"없어졌다." 율이 혼잣말처럼 말한다.

"저거 그거 아니야?" 서연이 휴대폰을 들어 검색한다. "주작인 줄 알았더니."

상연이 율의 손을 놓고 서연의 휴대폰을 들여다본다. 휴대폰 화면에 물고기 사진이 떠 있다. "유전자 조작을 한 관상어 같은데 특이한……" 상연이 사진 아래 적힌 글을 읽는다.

"맞죠?" 율이 상연을 돌아본다.

"누가 키우던 게 난리 통에 나온 거 같다 그러던데." 서연이 말한다.

"차암," 소파 앞에 앉은 은숙이 눈을 크게 뜬다. "신기한 세상이다."

"뭐가, 또." 서연이 은숙을 쳐다본다.

"빛나는 물고기라며." 은숙이 소리 내 웃는다. 그녀가 파인애플 잎을 가리킨다. "엄마 어렸을 때는 파인애플이 뭐야, 통조림도 못 먹었어."

"언제 얘기야." 서연이 매트리스에 눕는다. "이제 다 내려가, 내 거야."

상연이 소파로 돌아간다. 창가에 남은 율이 초록빛 물을 바라본다.

9일째

"빛이 많아서 터질 것 같은 물고긴데, 이름은 몰라요."

작은 방 책상에 앉은 율이 태블릿에 뜬 화상 수업 화면을 보고 말한다. 화면 왼쪽에 '자연 관찰 탐구 – 주제 잡기'라는 글이 적혀 있고 선생님과 아이들의 얼굴이 보인다.

"인터넷에 올라온 거 아니야?" 한 아이가 말한다.

"저도 그 글 봤어요." 다른 아이의 얼굴이 자신에게 할당된 화면을 가득 채운다.

"그거 주작이잖아."

"나도 진짜 큰 해파리 봤는데."

아이들이 제각기 말한다.

"너네가 봤냐?" 율이 여유롭게 웃는다. "창문 치니까 나한테 오던데."

"진짜?" 아이들의 목소리가 높아진다.

"자 다들 조용." 선생님이 말을 잇는다. "율이가 주제를 잘 정했네. 비가 와서 힘든 상황이지만, 생각을 바꾸면 이렇게 좋은 관찰 거리가 나오기도 하는 거야."

아이들이 다시 각자가 본 민물동물과 관찰 주제를 이야기하며 왁자지껄 떠든다.

"자, 한 사람씩 발표해보자. 채우가 오늘 말이 없네. 주제는 정했어?"

"저희 집은 안 잠겼는데요." 짧은 곱슬머리를 한 채우가 대답한다.

화면에 선생님의 당황한 얼굴이 나타난다. "채우도 물고기 관찰하려고?"

"아니요."

"그럼 다른 주제 생각해본 거 있니?"

채우는 시선을 떨군 채 말하지 않는다.

"그러면," 선생님이 손을 마주 잡는다. "채우랑 율이가 같은 동에 사니까 율이 집에서 같이 관찰해볼래?"

채우가 고개를 끄덕인다. "그건 재미있을 것 같아요."

"그래!" 율이 활짝 웃는다. "놀러 와!"

"김율, 맨날 놀 생각만 하지." 선생님의 말에 아이들이 와하하 웃는다.

18일째

제습기 소리가 이어진다. 은숙, 상연, 서연이 나란히 거실 탁자에 앉아 밥을 먹으며 뉴스를 본다. 율이 매트리스에 올라 창밖을 바라본다.

"앉아서 먹어라." 은숙이 율에게 말한다. 율이 거실 탁자로 다가왔다가 카레밥을 한술 떠 입에 넣고 다시 창가로 걸어간다. 상연은 밥을 반 이상 비웠고 서연은 느리게 밥알을 씹는다. 율이 휴대폰을 들고 창밖을 살핀다.

다음 소식입니다. 전국적 침수가 벌써 3주 가까이 지속되고 있죠. 이런 상황에서 지은 지 3년도 안 된, 이른바 방수 아파트에서 물이 샌다는 제보가 나오면서 시민들의 불안이 높아지고 있습니다.

상연이 숟가락을 놓고 물을 들이켠다.

"그러니까, 좁더라도 높은 층으로 갈 걸 그랬어." 은숙이 말한다.

상연이 숨을 내쉬며 머리를 흐트러뜨린다. "돈이 어딨어."

"주혜 엄마가 자기 일하는 콜센터에 자리 났다고 하더라. 야간에 하는 거래." 은숙이 잔기침을 한다. 서연이 은숙의 잔에 물을 따른 뒤 빈 물통을 가지고 부엌으로 간다.

"그렇게 일하면 골병 나. 병원비가 더 든다니까." 상연이 밥그릇에 둔 콩나물 무침을 두고 콩나물 한 가닥을 더 집어 든다.

"그래도 요즘 일자리 구하기가 쉽냐. 금방 찬다고 빨리 말해달라던데."

서연이 새 물통을 들고 거실로 돌아와 율에게 다가간다.

"김율. 너 밥 안 먹어?"

"어?" 상연과 은숙을 곁눈질하던 율이 비밀을 들킨 듯한 표정으로 서연을 본다.

"허락 없이 남의 침대나 밟고 있고."

율이 입만 벌려 웃는다. 입술 사이로 오른쪽 덧니가 보인다. 서연이 율의 어깨를 감싼다. "아직도 안 보여?"

율이 어깨를 비틀어 뺀다. "됐어."

"되긴 뭐가 돼." 서연이 소리 내 웃는다. "밥 먹고 이따 찾아. 고모가 진짜 바쁜데, 도와줄게."

"뭐래. 맨날 집에 있으면서."

"너," 서연이 엄한 표정을 지어 보인다. "빨리 밥 먹어라. 벌써 키 안 크려고." 서연이 율을 간지럽히자 율이 키득거리며 웃다 짜증을 낸다. "그만하라고."

아래층에 균열이 생기면 아파트 전체가 무너질 수도 있고……

티브이 속 우산을 쓴 남자가 아파트 외벽을 가리킨다.

"일단 해보지 뭐. 그만두더라도." 은숙이 빈 그릇을 두고 반찬을 집어 먹는다.

상연이 대답 없이 카레밥을 먹는다. 율과 서연이 그 옆에 앉는다.

"엄마 친구, 병철이 아저씨 있잖아." 은숙이 말한다. "거기 일하는 아파트도 금방 무너질 것 같다더라."

"거기 아직 사람이 살아? 방수벽 따로 달았대?" 상연이 묻는다.

"그건 아닌데, 위층에 남은 어르신들이 있다네."

율이 밥을 두어 번 뒤적이더니 카레를 더 붓는다.

아나운서가 거리에서 수영하는 사람을 단속하겠다는 정부 발표를 전한다. "아유, 빨리도 한다." 은숙이 탄식한다. 화면에 잠긴 상가를 지나는 배와 승객의 모습이 나온다. 아니,

당장 배도 없고 택시비도 없는 사람은 어쩌라는 건지. 물안경을 쓴 시민이 흥분한 목소리로 말한다.

"요즘은 불법 배달도 있더라." 상연이 말한다.

"저기 나오네." 은숙이 덧붙인다.

"수영해서 갖다주는 거야?" 서연이 관심을 보인다. "나도 하겠는데?"

"저런 거는 아무나 하니." 은숙이 젓가락을 든 손을 내젓는다.

"왜, 내가 우리 동호회 물개야." 서연이 대꾸한다.

"아무나 못 하지." 상연이 말한다. "수영해서 배달하는 건 진작 안 됐고 이제 바깥 수영 자체가 금지라고."

서연이 휴대폰을 만진다. "꽤 번다는데?"

"저렇게 장비를 다 차야 한다잖아." 은숙이 티브이를 가리킨다.

"아니," 상연이 답답해하며 말한다. "자격증 있고 공인받은 사람만 물에 들어갈 수 있는 거야. 장비는 필수고."

율이 호기심 어린 눈으로 티브이를 바라보다가 이내 밥그릇을 들고 티브이 앞으로 가 앉는다.

"야." 서연이 율을 채근하다 그만둔다.

"율이가 뉴스를 다 보네." 은숙이 웃는다.

"김율, 저게 스쿠버다이빙이라는 거야. 관심 있냐?" 서연이 율의 뒤통수에 대고 말한다.

율이 대답 없이 식은 밥을 먹는다.

"우리 율이는 언제 맘 놓고 나가보냐." 은숙이 숨을 길게 내쉰다.

"집에 있는 게 낫지. 기압이 달라지니까." 상연이 대답한다. "모기도 많고."

"한 층 차인데요?" 율이 상연을 돌아보며 퉁명스럽게 묻는다.

서연이 방수벽을 가리킨다. "저거 때문에 안에 기압이 좀 높아야 한다니까?" 율이 눈을 흘기고 다시 티브이를 바라본다.

"좀 보고, 괜찮아지면 주말에 같이 나가자." 상연이 말한다. "아빠가 약속할게."

"배에서 제대로 서 있기나 하려나, 율이가." 은숙이 웃음을 터트린다.

"야," 서연이 발을 뻗어 율의 등을 건든다. "관심 있냐니까?"

율이 몸을 돌려 서연의 발을 밀친다. "아, 멋있잖아."

제습기 소리가 멈춘다.

"율아, 제습기 물 좀 버려라." 상연이 말한다. 율이 제습기가 놓인 부엌으로 걸어간다. "비우면 또 생기고." 율이 중얼거린다.

"저거 좀 아깝지 않아?" 서연이 묻는다.

"아까우면 어디 쓰든지." 상연이 무심히 대답한다.

율이 물통을 들고 싱크대에 물을 붓는다.

"나도 나중에 저런 면허증을 따볼까 봐." 은숙이 티브이를 눈짓하며 말한다.

"갑자기 무슨?" 상연이 묻는다.

"그냥. 넓은 바다로 나가서 이리저리 떠다니게."

"우리 엄마도 참 낭만적이야." 서연이 말한다. "그럼 따. 따서 하면 되지."

"낭만은." 은숙이 일어나 부엌으로 걸어간다. "그럴 시간이 어디 있니." 그녀가 파인애플 잎과 줄기를 담은 유리잔의 물을 간다. 밑동에 곁이 투명하고 짧은 뿌리가 나와 있다.

싱크대 앞에 선 율이 물통 바닥을 잡고 남은 물을 털어낸다. 조용한 집안에 물소리가 울린다.

24일째

율이 매트리스에 올라 창밖을 보고 있다. 거실 한가운데 놓인 제습기가 소음을 내며 돌아가고 천장 등이 꺼진 거실은 밤처럼 어둡다. 서연이 방에서 나와 부엌으로 걸어간다. 냉장고 문이 열리고 빛이 쏟아지자 눈을 반쯤 감은 서연의 얼굴이 비친다. 율이 뒤돌아 서연을 본다. 서연이 물을 병째로 들이켠 뒤 방으로 돌아간다. 시선은 바닥 어딘가에 두고 율을 보지 않는다.

율이 다시 창밖을 본다. 물이 밝고 푸른데 물고기는 잘 보이지 않는다. 율이 힘없이 매트리스에 눕는다. 볼과 턱을 긁다가 손등과 팔을 세게 문지른다. 제습기가 꺼지고 "저게 또," 율이 나지막이 욕을 뱉는다.

31일째

서연과 율이 거실 바닥에 눕는다. 서연은 방수벽 쪽으로, 율은 부엌 쪽으로 다리를 뻗어 머리를 나란히 둔다. 그들 위로 크고 기다란 스탠드가 놓여 햇볕 같은 빛이 머리와 상체를 비춘다. 서연은 눈을 감았고 율은 왼쪽으로 시선을 틀어 휴대폰을 본다. 휴대폰에서 알림 소리가 나고 율이 답장을 입력한다.

"친구야?" 서연이 묻는다.

율이 대답 없이 오른쪽으로 고개를 돌린다.

"안 온대?" 서연이 채근한다. "빨리 해야 한다며."

"학원 쉬는 날이 일요일밖에 없어서 내일은 안 된대." 율이 대답한다.

"채우랬나?"

서연이 고개를 들어 대답 없는 율을 바라본다.

"왜." 서연이 묻는다. "너도 학원 가고 싶어? 싫다고 할 땐 언제고."

"아, 안 가." 율이 퉁명스럽게 대답한다. "누가 가고 싶대?"

"너 게임하는 친구 있잖아. 재이? 걔랑은 요즘 왜 안 놀아."

"PC방이 물에 잠겼대."

"그거랑 무슨 상관이야."

"걔네 집에 컴퓨터 없거든."

"몇 살인데?"

"모르지, 나도."

서연이 눈을 다시 감고 몸을 틀어 눕는다. "이사 가서는 밖에도 나가고 친구도 만나고 하자."

"이사 간대?"

"아빠랑 할머니가 열심히 일하잖아, 이사 가겠다고."

"고몬 일 안 해?"

"고모는…… 좋은 데 골라 가려고 그러는 거야. 워낙 능력이 좋으니까."

"근데 왜 잘렸어."

"잘린 게 아니라 무급휴직이라고." 서연이 눈을 뜬다. "너

숙제 없냐?"

"배고파."

"밥 먹어라."

"라면 끓여줘."

서연이 숨을 길게 내쉬고 입을 연다.

"율아, 이거 진짜 비밀인데." 목소리를 낮춘다. "고모는 해가 지기 전에는 팔을 움직이지 못해."

"뻥 좀 치지 마."

"진짜야. 그러면 안 되는데 다들 뭘 시키니까 억지로 움직이는 거야."

"짜파게티." 율이 대수롭지 않게 말한다.

"네가 맛있게 먹는 만큼 고모 어깨 연골이 닳는 거야."

"뭐래."

"됐다." 서연이 몸을 일으켜 부엌으로 걸어간다.

"맨날 거짓말만 해." 율이 휴대폰을 내려놓고 눈을 감는다.

"원래 나를 지키려면 거짓말 몇 번은 할 수 있는 거야." 서연이 전기레인지에 물을 올리고 라면 봉지를 뜯는다.

율이 눈을 깜빡인다. "눈앞이 파래."

"그러니까 햇빛 아래서 눈 뜨지 말랬지."

율이 매트리스에 앉아 서연을 돌아본다.

"고모."

"뭐." 서연이 라면 후레이크 봉지를 잡고 턴다.

"봤지?"

"뭘."

"그 물고기."

"잘 산대, 개는?"

"못 봤어?"

"그거잖아. 돌고래 같고, 하얗게 빛나고, 꼬리 있는 애."

"다 내가 한 말이잖아."

물이 끓고 서연이 라면 사리와 후레이크를 넣는다. 율이 서둘러 다가가 라면 하나를 더 꺼낸다. 율이 두번째 사리를 넣자 솟아오르던 물이 잠잠해진다.

"뭘 그렇게 걱정해." 서연이 묻는다.

"뭐가."

"봤다며."

"……"

"그럼 됐지."

서연이 면을 젓는다. 물이 다시 끓고 냄비에서 올라온 수증기가 둘의 얼굴을 가린다. 서연이 불을 끄자 율이 상을 차린다. 젓가락까지 모두 놓은 율이 고개를 든다.

38일째

율이 눈을 감은 채 거실로 나온다. 상연이 부엌 식탁에서 노트북을 보고 있다. 율이 눈을 비비자 눈곱이 조금씩 떨어진다.

"아빠 안 나갔어?"

"응, 허리가 아파서 이번 주말만 쉬려고."

"할머니는?"

"아침에 나가셨지."

"고모는?"

상연이 거실에 놓인 매트리스를 가리킨다. "정신없이 잔다."

서연은 몸을 옆으로 누인 채 왼팔을 매트리스 밖에 늘어트리고 있다. 가늘고 높게 코 고는 소리가 들리고 왼손 아래 휴대폰이 떨어져 있다.

"뭘 하고 왔는지 완전 뻗었어." 상연이 한숨을 쉰다. "머린 다 젖어 가지고. 비를 맞고 다니나……"

율이 서연 옆에 쭈그려 앉는다. 서연의 왼쪽 팔을 들고 몸을 바로 눕힌다. 서연이 고개를 세게 저으며 뜻 모를 잠꼬대를 중얼거린다. 서연의 휴대폰에 알림이 뜬다. 율이 화면에 뜬 메시지를 입속말로 중얼거린다.

거실에 놓인 제습기가 꺼진다. 율이 상연을 돌아본다. 상연이 노트북을 들여다보며 얼굴을 쓸어내린다. 율이 제습기 물통을 꺼내자 물 몇 방울이 바닥에 떨어진다. 율이 싱크대로 가 물을 붓는다. 싱크대 옆에 이파리 끝이 노랗고 바짝 마른 파인애플 화분이 놓여 있다. 율이 통을 세우고 조금 남은 물과 화분을 번갈아 바라본다.

상연이 한숨을 쉬고 크게 기지개를 켠다. "아휴, 진짜." 그가 나직하게 말한다.

율이 물통에 남은 물을 화분에 붓는다. 물을 맞은 이파리가 흔들리고 시큼한 냄새가 올라온다.

39일째

서연이 양배추에 달걀을 섞어 부친다. 구운 식빵 조각에 잼을 바르고 양배추 부침과 치즈를 올려 토스트 두 개를 만든다. 율이 식탁에 놓인 토스트를 열어 케첩을 뿌리고는 의자에 앉는다. 서연이 식탁에 서서 토스트를 한입 먹다가 기름이 흐르자 토스트를 든 손을 멀리 뻗는다.

"웬일이야?" 율이 묻는다.

"고모도 오늘부터 일해."

"아." 율이 고개를 끄덕이고 다시 토스트 먹기에 집중한다.

서연이 토스트를 입에 밀어 넣는다. “고모 스카우트됐잖아.” 우물거리며 말한다.

율이 턱에 묻은 케첩을 닦으며 서연을 쳐다본다.

“저번에 티브이에서 다이버들 봤지?”

율이 눈을 굴린다. “고모가?”

“아, 말하면 안 되는데. 중요한 일이거든.”

율의 얼굴에 웃음기가 번지다가 곧 사라진다. “해도 된대?”

“그럼.” 서연이 눈을 크게 떠 보인다.

“불법이잖아.”

“불법 아니야. 산소통 메고, 그런 거라니까.” 서연이 율의 시선을 피해 가방을 집어 든다.

율이 서연을 반히 보다가 토스트를 마저 먹는다.

“뭐야, 안 멋있어?” 서연이 묻는다.

율이 휴대폰을 본다.

“빛나는 거 보면 사진 찍어줄게.” 서연이 말한다.

“그러든지.”

서연이 급히 장화를 신는다. “냉장고에 수박 있다. 무슨 일 있으면 전화해.”

현관문이 닫히고 그 옆에 놓인 화분 속, 노랗게 마른 파인애플 잎이 흔들린다. 율이 식탁에 떨어진 부스러기를 손가락으로 찍어 빈 그릇에 모은다.

율과 채우가 소파에 나란히 앉아 있다. 율이 태블릿을 놓고 머리를 동그랗게 다시 묶는다. 게임에서 나오는 효과음과 제습기 돌아가는 소리가 들리고 두 사람은 말이 없다.

"이거 재밌지?" 율이 묻는다.

채우가 고개를 끄덕인다. "숙제 안 하니까 좋다."

"자주 놀러 와."

채우가 잠시 생각하다 그러겠다고 대답한다.

두 아이는 한강에 사는 물고기를 검색하고 빛나는 물고기를 봤다는 영상을 찾아 튼다. 잉어와 붕어가 많이 나오고 구피와 엔젤피쉬도 보인다. 둘이 태블릿을 끄고 번갈아가며 창문 앞에 선다. 율이 수면에 뜬 새우깡과 새우깡에 달라붙은 작은 물고기 떼를 묘사하고 채우가 받아 적는다. 채우가 팔뚝만 한 물고기를 봤다 말하고 율이 잉어라 추측하며 그 형체를 그린다. 빛을 내는 물고기는 나타나지 않는다. 둘은 설탕 뿌린 수박을 먹으며 물고기를 기다린다.

"언제 볼 수 있어?" 채우가 소파에 등을 기댄다.

"모르겠어." 율이 대답한다.

채우가 천장을 보며 숨을 내쉰다. 왼발을 떨다가 멈추고 두 발을 부딪치다 그만둔다.

"위에선 어떻게 보여?" 율이 묻는다. "물속도 보여? 바다 같아?"

"처음엔 흙탕물 같고 그다음엔 거울 같고." 채우가 턱을 내민다. "요즘은 안 봐서 모르겠다."

"왜?"

"이만한 갈매기가 여러 마리 있어." 채우가 자기 흉부만큼 손을 벌린다. "내 방 베란다에."

채우를 보는 율의 눈이 커진다.

"근데 몇 년 지나면 너네 집이나 우리 집이나 똑같을걸." 채우가 말한다.

율이 눈을 깜박인다. "갈매기가?"

"아니," 채우의 목소리가 높아진다. "물이 계속 찰 테니까."

"우리도 이사 갈 거야. 높은 층으로." 율이 말한다.

"다 똑같다니까. 아예 지대가 높은 곳으로 가야 돼." 채우가 수박을 한입 베어 물더니 포크를 내려놓는다. "난 나중에 백두산으로 갈 거야."

율의 얼굴이 붉어진다. "높은 층으로 가고, 그다음에 더 높은 곳으로 가는 거지. 지금 백두산에 어떻게 가냐."

"그렇게 생각하니까 늦는 거야." 채우가 사뭇 진지하게 대답한다.

"뭐가?"

"보통 그렇게 생각하지, 잘 모르면." 채우가 느긋하게 소파에서 일어난다. "물고기나 찾자."

율이 채우를 본다. 입가가 굳고 귀에도 붉은 기가 돈다. 채우가 매트리스에 올라 창밖을 본다.

"저거 아니야?" 채우가 창을 가리킨다. "아니다. 저건가?"

율이 서둘러 창으로 다가가 채우가 가리킨 곳을 본다.

"그게 아니라. 빛으로 꽉 차서 터질 것 같은 물고기라니까?"

"저게 사진이랑 비슷하지 않아?"

"아니야."

율이 채우를 내쫓고 창 앞에 선다.

"대충하면 될 것 같은데." 채우가 중얼거리더니 율을 잡는다. "우리 집에서 갈매기 관찰할래?"

"모르면 가만히나 있어." 율이 몸을 낮추며 채우가 잡은 반대 방향으로 힘을 준다. 율을 잡은 채우의 손이 미끄러지고 이내 율을 놓친다. 율이 휘청이며 방수벽에 팔꿈치를 박는다. 쿵 소리가 나고 율이 미간을 찌푸리며 몸을 일으킨다. 채우가 시선을 돌리며 무어라 웅얼거린다. 율이 채우를 노려보다가 창으로 돌아선다.

율의 눈동자가 허공을 응시하다가 무언가를 따라 움직인다. 율이 눈을 빠르게 깜박이더니 고개를 숙여 창문 바로 아래를 본다.

"저깄다!" 율이 소리친다.

"진짜?" 채우가 매트리스에 올라 창문에 얼굴을 들이민다.

"베란다 앞에!" 율이 손가락을 창문에 댄다.

"저거야?" 채우가 율의 어깨를 잡고 버틴다.

"신기하지!" 율이 방수벽에 몸을 붙인다.

"아우." 채우가 율의 어깨를 놓고 떨어져 나온다. "잘 안 보여."

"맞아, 그 물고기." 율이 휴대폰을 꺼내 찍는다. "다시 두드려보자."

"뭘?"

"두드리면 온다니까." 율의 눈이 반짝인다.

율이 조심스레 창문을 두드려보지만, 상황은 달라지지 않는다.

채우가 다시 창에 붙어 선다. "좀만 아래서 보면 보일 것 같은데. 아랫집에 가볼까?"

"지금 위층 베란다 보여?"

채우가 가만히 있다가 고개를 젓는다.

"이것만 없으면 될 것 같은데." 율이 방수벽을 위아래로 훑어본다. "봐봐. 베란다는 물이 안 찼어."

채우가 율이 내려온 자리에 올라선다.

"그치?" 율이 채근한다.

"아니야, 저기……" 채우가 방수벽에 기대 밖을 관찰한다. "그런가?"

"잠깐 열었다 닫으면 될 것 같아." 율이 거실장과 방수벽 사이로 걸어가 붉은 손잡이를 살핀다.

채우가 율을 바라본다. "진심이야?"

"내가 올릴 테니까 네가 찍어줘." 율이 채우의 손에 휴대폰을 쥐이고 채우의 몸을 기울여 방수벽 아래로 향하게 한다.

채우가 어리벙벙한 얼굴을 하고 사진 찍을 준비를 한다. "물 들어오면 어떡해."

"괜찮을 거야." 율이 둥그렇게 뚫린 아크릴판 사이로 손을 넣는다. 경고 문구를 보고 그 아래 있는 붉은 손잡이를 감싼다.

"잠깐만!" 채우가 율을 돌아본다. "구명조끼 없어?"

율이 채우를 힐긋 보고는 손잡이를 쥔 손에 힘을 준다. 손잡이가 조금씩 돌아간다. 채우가 눈을 질끈 감은 채 휴대폰 촬영 버튼을 누른다.

사진이 찍히는 소리와 함께 사이렌이 울린다. 채우가 눈을 뜨고 주위를 두리번거린다. 율이 손을 떼고 방수벽을 살핀다. 방수벽은 굳게 닫혀 있다. 율이 인터폰 옆, 사이렌이 나오는 스피커로 다가간다. 채우가 머뭇거리다가 율의 옷자락을 잡는다. 율이 인터폰 화면을 누르려는 순간, 사이렌이 멈춘다.

"큰일 났다." 채우가 울상을 짓는다.

율이 인터폰에서 손을 뗀다.

관리 사무소에서 102동 주민 여러분께 안내 말씀드립니다. 스피커에서 다급한 목소리가 흘러나온다. 조금 전 세대 내에서 방수벽 개폐 장치가 수동 작동되었습니다. 관리 사무소에서는 사고 방지를 위해 102동의 방수벽 개폐 기능을 차단하였습니다. 각 세대에서는 방수벽 개폐 장치를 확인하시고……

율과 채우가 서로 마주 본다. 눈을 크게 뜨고 숨을 죽인다.

인터폰이 울린다. 채우가 입을 벌리고 율이 한 걸음 물러선다.

“받지 마.” 채우가 말한다.

율이 인터폰을 누른다.

“여보세요?” 인터폰 밖으로 격양된 목소리가 퍼져 나온다.

창으로 들어온 노란빛이 거실 바닥에 일렁인다. 관리 사무소 직원이 집을 나가고 율과 채우가 거실에 남는다. 채우가 소파에 앉았다가 맥없이 엎드린다. 전화벨이 울리고 율이 휴대폰을 집어 든다. 율의 자초지종을 들은 상연의 목소리가 점점 커진다. “물고기? 방수벽 건드리면 위험하다고 했어, 안 했어? 너 때문에 지금 아파트 있는 사람 전부가 다칠 뻔한 거야, 알아들어? 채우는 또 어떻고. 대답 안 해? 김율.” 거실에 드리운 노란빛이 작아지고 짙어지다 완전히 사라진다. 상연이 전화를 끊자 율이 매트리스에 휴대폰을 던진다.

"너도 봤지?" 어둠 속에서 율이 묻는다.

채우가 대답 없이 소파에 얼굴을 파묻는다.

"물고기 봤잖아."

"어떻게 알아." 채우가 얼굴을 묻은 채 말한다. "제대로 보지도 못했는데."

"우리 고모도," 율이 무언가를 말하려다 입을 다문다.

채우가 고개를 든다. "애초에 저런 창문으로 뭘 어떻게 관찰해. 만지지도 못하고 잘 보이지도 않는데."

율의 고개가 조금씩 위아래로 움직인다.

"내 생각엔 선생님네 집도 안 잠겼을걸. 이런 벽은 본 적도 없는 사람처럼 말했잖아." 채우가 자리에 앉아 말을 잇는다.

"……그러네." 율이 작게 말한다.

채우가 포크를 들고 접시 가장자리에 놓인 수박을 으깬다. "이런 수박도 안 먹겠지."

율이 채우를 마주 보고 탁자 앞에 앉는다. 탁자에 떨어진 수박씨를 하나씩 눌러 손가락에 붙인 뒤 접시에 떨어트린다.

"우리 할머니가 어제 잘라준 건데."

채우가 힐긋 율을 본다.

씨가 후드득 소리를 내며 접시에 부딪친다. 율의 손바닥에서 팔 안쪽으로 수박 물이 흘러내린다. 율이 팔 안쪽을 긁고 옷 안에 손을 집어넣어 어깨를 긁는다. 마른 파인애플 잎이 화분 아래로 떨어진다.

"이거 진짜 비밀인데" 율이 불쑥 말한다. "우리 고모는 밖에서 수영한다."

채우가 율을 바라본다. "그럼 안 되는데."

"산소통 메고 하는 거야. 허락받고."

"위험할 텐데." 채우가 말한다. "배에 부딪히면 죽을 수도 있대."

율이 고개를 든다.

"못 믿겠으면 말아."

율이 말한다.

제습기 소리가 울린다. 거실은 여전히 어둡고 창에서 간간이 빛이 새어 든다. 율이 소파에 기대앉는다. 수박 물이 고인 접시에 남은 수박과 주워 모은 씨가 놓여 있다. 율이 물 자국이 남은 손등과 팔을 긁다가 전화를 건다.

"응, 율아."

"수영하고 있는 거지?" 율이 턱과 볼을 긁는다.

수화기 너머에서 물이 어딘가로 빨려 들어가거나 부딪는 소리가 들린다.

"그럼." 서연이 한 박자 늦게 대답한다.

"조심해."

서연이 웃는다.

"산소통이 무겁잖아." 율이 덧붙인다.

"물속인데 뭐가 무거워." 서연의 목소리가 멀어지다 가까워진다.

"배도 위험하고……"

멀리 누군가 고함치는 소리가 들린다.

"야, 배는," 서연이 잠깐 멈췄다 말을 잇는다. "거실 창문으로 빛 들어오지?"

율이 방수벽 창문을 바라본다.

"그게 배에서 켜는 불이야. 그거 보고 피하면 돼."

어스름한 거실로 빛줄기가 내리다 사라진다. 율이 일어나 벽 가까이 걸어간다.

"친구는, 갔어?"

"아까."

"물고기는?"

"……"

수화기 너머에서 들리던 고함이 가까워진다. 급히 일어나는 소리가 들린다.

"가야겠다." 서연이 말한다. "내일 같이 찾아. 나 운 되게 좋은 거 알지? 고모는 응원하는 팀이 지는 걸 본 적이 없어요."

율이 가볍게 웃고 전화가 끊긴다.

창 가장자리에서 조금씩 빛이 나타나더니 작고 둥근 창이 빛으로 가득 찬다. 율이 흔들리는 빛을 따라 창 아래로 걸어간다. 빛줄기가 율의 얼굴에 드리우고 희미한 경적이 들린다. 율이 매트리스에 올라 수면을 올려다본다. 초록빛 물결 사이를 지나는 검푸른 타원이 보인다. 율이 창에 이마를 대고 오른손 검지를 내밀어 창을 두드린다. 작은 진동이 창에 퍼진다. 율이 차가워진 검지를 오므리고 중지와 약지까지 움켜쥔다. 주먹 쥔 손이 창에 가까워진다.

진동이 벽과 천장을 흔들고 더 위로, 6층에 내린 방수벽과 무수한 베란다를 지나 옥상으로 퍼진다. 빗소리가 아파트 단지를 감싼다. 물에 잠긴 느티나무 가지가 휘어지고 베란다 창에 닿은 물이 튀어 오른다. 줄을 늘어트린 분홍색 도넛 튜브가 광장 밖으로 떠내려간다.

좋아질 거예요

7월 20일 토요일

호진이 다칠까 두꺼운 이불 두 채를 깔았다. 거실 바닥이 낯설 텐데 호진은 금세 잠들었다. 정작 안방 침대에 누운 나는 한참을 뒤척여도 잠이 오지 않는다. 일이 벌어진 지 한나절도 지나지 않았는데 벌써 기억이 희미하다. 호진의 증세를 설명해야 할 때를 위해 오늘 일과 앞으로 일어나는 일을 적어두려 한다. 보고 느낀 것을 최대한 자세하게 기록하겠다.

호진이 쓰러진 시간은 지운(호진의 대학교 동창) 부부의 집들이에 갔다 온 직후였다. 지운의 집에서 나올 때 호진은 피곤해했고 더 놀다 가자는 친구들의 말을 단번에 거절했다. 호진은 돌아오는 내내 속이 좋지 않다고 투덜거렸다.

엘리베이터에서 내리자 호진이 앞서 걸어가 현관문을 열었다. 그를 따라 집으로 들어서는데 역한 냄새가 풍겼다. 몇 달은 썩은 음식물이 놓인 것처럼 지독했다. 나는 호진에게 방귀를 뀌었냐고 물으며 (정확히 기억나진 않지만) 똥보다 심한 냄새가 난다고 했다. 호진이 미간을 찌푸리고 입술을 비죽이며 나를 돌아봤다.

"직장도 좋아. 집도 샀어. 근데 요리까지 잘해."

"누구, 지운 씨?"

호진이 나를 보며 눈을 두 번 깜빡였다. 무릎을 흔들고 고개를 끄덕이는가 싶더니 그대로 나무 기둥처럼 뒤로 쓰러졌다. 바닥이 크게 울렸고 무엇인가 으깨지고 부러지는 소리가 났다. 호진은 피를 흘리지도 경련을 일으키지도 않았고 그저 그 자리에 미동 없이 누워 있었다. 현관에 들어설 때 나던 냄새가 더 진하게 풍겨 왔다.

"왜 그래?" 나는 신발장 옆에 선 채로 물었다. 장난이거나 사소한 실수일 것이다. 곧 다시 일어나 머리에 혹이 생겼다며 울상을 짓겠지.

그러나 호진은 움직이지 않았다. 몇 초쯤 가만히 그를 내려다보다 어쩌면 그가 정말 쓰러진 걸지 모른다고 생각했다. 그제야 발이 떨어졌고 몸이 절로 앞으로 기울었다. 그의 눈꺼풀을 들추고 뺨을 때렸다. 상체를 들어 올리자 그의 머리가 손 밖으로 늘어졌다. 그의 코에 귀를 갖다 댔다. 숨이 느껴지지 않았다. 그를 다시 내려놓고 심폐소생술을 하려 가슴에 손을 얹다가 문득 구급차를 불러야 한다는 생각에 휴대폰을 찾아들었다. 잠금 패턴을 그리는데 손가락이 자꾸 엇나갔다. 숨을 쉬지 않는데 심장이 멎은 건가요. 의미 없는 질문이지만, 그 순간에는 그렇게 묻고 싶었다. 그것보다도 먼저 주소를 말해야 한다는 생각이 들었다. 언젠가 방송에서 본 심폐소생술 방법을 되새겼다. 가슴을 누를 때 팔을 굽히지 말아야 한다고 했던가, 멈추지 말아야 한다고 했던가. 번호를 누르는 손이 느렸다.

고개를 드는데 둥글고 넓적한 호진의 콧구멍과 살이 붙은 턱이 보였다. 어떻게 해야 하지. 속에서 무엇인가가 울컥 솟아올랐다. "호진아." 그의 이름을 부르는데 헛구역질이 났다. 휴대폰에서 통화 연결음이 들렸다.

그때 호진의 벨 소리가 울렸다. 소리가 점점 커졌다. 왼손으로 그의 주머니를 뒤적였다.

"누…… 으어, 누구."

휴대폰을 떨어트릴 뻔했다. 호진이 눈을 깜빡이고 있었다.

"누구야." 그가 천천히 몸을 일으켰다. 호진에게 다가가 그의 얼굴을 붙잡았다. 그가 천진한 표정으로 휴대폰을 확인했다.

"엄마네." 호진이 휴대폰을 뒤집어 벨 소리가 나지 않도록 했다.

"괜찮아?"

"뭐가?" 그가 되물었다.

반가운 마음에 그의 허리를 꽉 끌어안았다. 물컹한 감촉이 느껴졌다. 어깨에 닿은 차가운 손가락이 버둥거렸다. 그가 다급히 나를 밀어냈다.

호진의 몸은 상하기 시작한 귤처럼 움푹 파였다. 그가 잘록해진 허리를 현관 거울에 비쳐봤다. 거실로 가더니 화장실로 들어갔다가 다시 현관으로 와 거울을 들여다봤다. 호진이 현관과 거실과 화장실을 오가는 동안 나는 현관문에 등을 대고 허리 뒤로 문손잡이를 잡고 있었다.

지금까지 적은 내용을 다시 읽어보니 집들이에 대해 더 자세히 써두어야 할 것 같다. 속이 안 좋다던 호진의 말이 단서처럼 느껴진다. 그냥 하는 말이라 생각해 흘려들었는데 호진의 위장에 염증이 있었던 것 같다. 어디선가 나던 썩은 내도 위장염으로 설명될지 모른다.

지운 부부의 집들이는 그들이 집을 산 것과 지운의 부인이 육아휴직을 끝내고 직장에 복귀한 것을 축하하는 자리였다. 차가 막혀 분당까지 가는 데 두 시간이 걸렸다. 호진은 집들이 선물로 지운이 없어서 못 먹는다는 연어회를 샀는데 예상보다 시간이 더 걸리자 연어가 상하진 않을까 전전긍긍했다.

친구 부부들은 거실에 놓인 교자상에 둘러앉았고 한 상 가득 차려진 음식은 어느 정도 비워져 있었다. 호진과 나는 부엌에 있는 지운 부부에게 먼저 인사했다.

"딱 기다려라. 내가 너 오면 주려고 기가 막힌 거 만드는 중이다."

지운이 말했다. 우리는 연어회를 그에게 건네고 거실로 나와 티브이 앞에 앉았다. 미리 와 있던 사람들의 안내를 따라 지운 가족의 사진을 구경했고 아이의 근황(9개월 여아, 아빠를 닮아 속눈썹이 길고 웃는 얼굴이 엄마와 똑같다, 오늘은 시가에 있음)을 들었다. 그러고는 지운의 집에 대한 이야기(분당, 32평, 부모 도움으로 대출 없이 자가)를 나눴다. 이윽고 지운이 뚝배기에 담긴 마파두부와 연어회를 들고나왔다.

누군가 웬 마파두부냐, 라고 말했고 지운이 기다렸다는 듯 웃으며 입을 열었다.

"마파두부가 왜 마파두분데. 마파, 그러니까 곰보 할머니가 만든 소박한 음식이라 이거야. 근데 그게 웬만한 사람은 다 아는 세계적인 음식이 됐잖냐. 거의 요리계의 자수성가야. 내가 재작년에 이직 고민할 때 내 인생 어떡하냐, 이랬거든. 그러다 이 마파두부를 먹었는데 아, 딱 확신이 드는 거야. 이거라는."

그가 내려놓은 마파두부는 그의 말대로 특별한 힘이 있어 보였다. 가장자리에 기름이 자글자글 끓는 모습이며 집 안을 가득 채운 고소하고 매콤한 기름 냄새에 군침이 돌다 못해 입 밖으로 떨어질 것 같았다.

지운이 우리 부부에게 먼저 그릇을 내밀었다. 두부와 고기를 한 술 떠 입안에 넣고 혀로 굴렸다. 두부가 녹아내리듯 부드럽게 부서졌다. 맵고 뜨거워서 혓바닥이 얼얼하고 입천장이 아팠지만 나도 모르게 밥을 덜어 마파두부에 비벼 먹었다. 배가 어느 정도 부르고 나서야 정신없이 먹기 바빴다는 생각에 숟가락질을 멈췄다. 주변을 보니 배가 부르다던 사람들도 마파두부에 밥을 말고 있었다.

"맛있네." 호진에게 말했다. 그는 연어회가 담긴 접시를 가만히 바라볼 뿐 내게 대답하지 않았다. 그의 그릇은 지운에게 받은 그대로였다. 마파두부에는 손도 대지 않은 것 같았다.

"이건 좀 상한 것 같은데……" 지운이 그의 아내에게 속삭이는 소리가 들렸다.

"상했다고? 줘봐." 호진이 지운에게서 연어를 받아 자신의 그릇 앞에 놓았다.

그러게, 이런 날씨에 연어는 아니라니까. 속으로 생각했다.

"저도 이직 준비하고 있는데…… 쉽지 않더라고요." 내가 말했다. "여러 군데 지원했는데 월요일에 면접 하나 보고 다른 곳은 연락이 없어요."

나를 시작으로 몇 사람이 자신도 이직을 고민한다고 얘기했다. 호진이 연어 냄새를 맡다가 회 한 점을 집어 입에 넣었다. 그러고는 회를 씹기도 전에 지운이 곁들여 내온 양파에 타르타르 소스를 찍어 먹었다.

"비결이 뭐냐." 누군가 물었다.

"아, 성공의 비결을 알려줄까?" 지운이 교자상에 앉은 사람들을 둘러보더니 목소리를 낮췄다.

"'긍정의 힘'이라고 내가 구독하는 유튜버가 한 명 있는데……"

"아이." 김이 샌 사람들이 웃고 두 명 정도가 야유를 퍼부었다. "하여튼 너는 진짜."

호진이 연어 세 점에 양파를 (연어가 보이지도 않도록) 잔뜩 얹어 소스에 찍어 먹었다. 먹었다기보다는 그저 입에 쑤셔 넣고 씹었다. 아무렇지 않은 듯 삼켰지만, 순간 턱을 목에 바싹 붙이고 눈을 질끈 감았던 걸 보면 맛이 이상했던 게 분명했다.

"그만 먹어." 그에게만 들리게끔 속삭였다. 호진은 내 말에 아랑곳 않고 연어를 먹어댔다.

“비결이 또 하나 있어.” 지운이 진정하라는 듯 양손을 펼쳐 들었다. 그의 오른손에 붉은색 명함이 들려 있었다.

마지못해 명함을 돌려보았지만, 이제 지운의 말을 진지하게 듣는 사람은 없었다. 한 바퀴 돌아 나에게까지 명함이 왔다. 한 면에는 마파두부가, 다른 한 면에는 식료품점이라는 글자와 광진구 어딘가의 주소가 적혀 있었다.

“맛있기만 하구만.” 호진이 중얼거렸다.

호진에게 명함을 건넸다. 그가 명함을 빠르게 훑더니 주머니에 넣었다.

집들이는 지운이 취한 것 같다는 지운 부인의 말에 끝이 났다. 호진은 돌아오는 내내 배가 아프다고 투덜거렸고 지금 생각해보니 그때부터 고약한 냄새를 풍긴 것 같다.

상한 연어가 탈이 났을까. 먹기 싫은 걸 억지로 먹어서 (어째서인지) 기도가 막혀버린 걸까.

네 시간째 관찰한 호진의 상태도 함께 적는다.

호진의 몸은 작은 힘에도 부러지고 피부와 핏줄은 약한 자극에도 쉽게 상하고 찢어진다. 그런데도 피를 흘리거나 정신을 잃지 않는 걸 보면 사람이 아니라는 생각이 든다. 아마도 몸이 조금씩 부패하고 있는 것 같다. 몇 시간 전부터 날파리 몇 마리가 그의 주위를 맴돈다.

지금까지 오른 손목(노트북을 들다 꺾였다)과 왼쪽 무릎(스쿼트 기구에 걸려 넘어졌다)이 떨어졌는데 그중 오른 손목은 티브이로 유료 프로그램을 결제하다 VIP 쿠폰을 확인하곤 붙었다. 무릎이 끊어졌을 때도 공짜 쿠폰을 상기시켜 줬지만 무릎은 붙지 않았다. 아마도 붙고 말고는 호진의 기분에 따라 달라지는 것 같다. 무릎은 박스테이프를 여러 번 둘러 붙여놓았다. 크게 움직이면 테이프가 떨어지긴 하지만, 달리 뾰족한 방법이 없다.

조금이라도 무거운 물건을 들거나 일정 이상의 힘을 주면 몸의 일부가 부러지는 것 같다. 노트북은 무겁고 쿠션이나 옷, 얇은 노트는 괜찮다. 소파는 밀 수 없고 슬리퍼는 신을 수 있다.

그 밖에 말이 어눌하다거나 의사소통의 어려움은 없다. 다만 사건 이후 좀처럼 웃는 법이 없고 눈썹과 입꼬리 끝이 유난히 처져 있다. 잠들기 전까지 솜이 삐져나온 동그란 쿠션을 안은 채로 소파에 앉아 티브이만 보고 있었다. 호진의 기운을 북돋우기 위해 나란히 앉아 이런저런 이야기를 나눴다.

"그래도 네가 다시 일어나서 다행이야."

"평생 들은 말 중에 가장 긍정적인 말이다."

"살이 좀 빠진 것 같은데?"

"피부가 약하다 못해 공기에 깎이나 봐."

호진이 숨을 길게 내뱉었다. 그의 가슴이 등에 붙기라도 할 것처럼 오그라들었다. 쿠션을 잡은 그의 손을 감싸고 간절한 눈빛으로 그를 쳐다보았다. 손은 차갑고 미끌미끌했다. 손가락에 호진의 물렁한 살이 느껴졌다. 그에게서 손을 떼고 기도하듯 양손을 모아 잡았다.

"우리, 잘 이겨낼 수 있을 거야." 내가 말했다.

호진이 내가 잡았던 손을 가만히 들여다보았다.

"손자국이 났어." 그가 말했다.

7월 21일 일요일

종일 호진과 티브이를 보다 말도 안 되는 결론을 내렸다. 좀더 긍정적으로 쓰고 싶지만 허무맹랑한, 뜬구름 잡는, 쓸모없는, 같은 표현만 생각난다. 바보 같은 말을 늘어놓던 지운에게도 화가 난다. 친구는 끼리끼리 논다더니. 더 쓰면 호진에 대한 욕만 늘어놓을 것 같아 이만 줄이고 하루 동안 일어난 일을 적겠다.

새벽 내내 뒤척이다 거실로 나갔다. 호진은 티브이를 틀어놓은 채로 배를 드러내고 누워 있었다. 베개 위에 엎드려 자기라도 했는지 얼굴의 반이 짓눌렸고 박스테이프가 붙은 왼 다리는 베란다 문 앞까지 굴러가 있었다.

화장실에서 세수를 했다. 대출 원리금, 아파트 관리비, 차 할부금에 다음 달에는 시부모님 결혼기념일, 거기다 자동차 보험도 만기구나. 호진의 손을 잡을 때 느낀 물컹한 촉감이 온몸에 퍼지는 듯해 소름이 돋았다. 물기를 닦기 전 눈부터 떴다. 속쌍꺼풀, 인중 안으로 조금 말려 들어간 윗입술, 기미 몇 개와 뾰루지 하나가 난 볼이 보였다. 짓눌린 호진의 얼굴이 스쳐갔다. 나는 아직 괜찮으니까 내가 호진을 책임져야 한다. 얼굴을 세게 눌러 닦았다.

해가 질 때까지 함께 소파에 앉아 티브이를 봤다. 밥에 참치 캔을 비벼 대충 식사도 챙겼다. 티브이를 보며 밥을 먹으니 여느 날과 다를 게 없었다. 호진은 테이프로 다시 감아준 무릎을 잡고 곧잘 걸어 다녔다. 그러는 바람에 테이프가 떨어져서 다시 붙여야 했지만. 잠도 잘 잤고 밥도 잘 먹었는데 왜 다리는 붙지 않는지 의문이었다.

호진을 소파에 앉히고 오늘로써는 두번째로 테이프를 감아주다가 말을 꺼냈다.

“나 이직하면 연봉 좀 오를 거야. 얘기 들어보니까 이천만 원 올린 사람도 있다더라.”

티브이 속 아이돌이 MC의 말에 물개박수를 쳤다. 호진이 양 볼을 늘어트린 무표정한 얼굴로 그 모습을 지켜봤다.

"잘됐다 생각하고 좀 쉬어. 다른 일 해보고 싶다고 했잖아. 그런 것도 생각해보고."

다른 MC가 화제를 돌려 하얗고 매끈한 피부를 유지하는 비결에 대해 물었다. 나는 티브이 볼륨을 줄인 뒤 호진의 무릎에 테이프를 한 번 더 감고 끝을 잘랐다.

"평생 이렇게 살게 될까?" 호진이 물었다.

"비결은요," 아이돌이 대답했다. 티브이의 볼륨을 아예 무음으로 바꿨다.

"어떻게든 돌아갈 방법이 있겠지." 내가 대답했다.

호진이 자리에서 일어나 절뚝이며 걸었다. 테이프가 조금씩 떼어지자 무릎을 잡고 안방까지 들어갔다.

뭘 잘했다고 그렇게 당당해, 하는 말이 목 끝까지 올라왔지만 참았다. 뒤에 일어난 일을 생각하면 결과적으로 잘한 것이었다. 역시 먼저 화내서 좋을 게 없다. 사람은 감정을 다스리는 법을 배우며 성장하는 것 같다(호진에게 이런 말을 건네보면 어떨까. 때로는 감정을 스스로 해결할 줄도 알아야 해).

거실로 나오는 호진의 손에 작은 무엇인가가 들려 있었다.

"여길 다녀와야겠어." 그가 말했다.

붉은색 명함, 광진구의 식료품점, 마파두부, 지운의 농담. 드디어 이상 행동을 보이는구나.

"거긴 왜?"

긴장한 채로 그의 말을 기다렸다.

"비결이랬잖아. 거기에 답이 있을 것 같아."

귀를 의심하며 호진을 바라봤다.

"비결은 무슨 비결이야, 그냥 식료품점이지."

"그럴지도 모르지." 호진이 나를 바라보았다. 어둡기만 한 그의 눈을 필사적으로 들여다봤다. "그래도." 호진이 비틀대며 걸었다. "궁금하지 않아? 비결이 뭔지." 그의 왼쪽 무릎이 서툴게 오르내렸다. 테이프 위로 붉은 가닥과 살이 얼기설기 올라와 있었다. 호진이 눈앞으로 다가왔다. 호진의 눈에 맺힌 작고 어두운 푸른빛이 보였다.

무의미한 일이어도 호진에게는 도움이 될지 몰랐다. 그러나 호진을 그곳에 보낼 수는 없었다. 식료품점은 퇴근 후 나 혼자 가보기로 했다. 호진은 그동안 밖에 나가지 않기로 약속했다.

"어차피 나갈 수도 없어." 호진이 어깨를 으쓱했다. "현관문도 은근 무겁거든."

주말에 이런 일을 겪고도 내일 출근이라니. 머리가 아파온다. 그래도 내일이면 면접 결과가 나오겠지.

7월 22일 월요일

집으로 가는 지하철 안에서 쓴다. 어제 적어둔 글을 읽자니 감정이 널뛰는 게 느껴진다. 결론부터 말하면 무사히 가게에 다녀왔고 생각보다 얻은 게 많다.

일이 밀려 8시에야 건대입구역에서 내렸다. 회사에서 지하철을 탈 때부터 온 상사의 톡이 내릴 때까지 이어졌다. 당장 급한 일도 아닌데 상사는 왜 답이 없냐며 성화였다. 면접 결과는 아직도 나오지 않았다. 알림이 줄지어 울리는 휴대폰을 껐다. 상사가 뭐라고 하든 내일 수습할 일이었다.

명함에 적힌 주소는 실제 상호가 식료품점인 작은 가게였다. 5번 출구로 나가 주택가로 들어가니 아파트 맞은편에 있는 가게가 보였다. 앞이 전부 유리로 되어 있어 깨끗하고 반듯한 이미지를 주는 곳이었다.

넓지 않은 공간에 손님이 둘이나 있었다. 매대 두 개에 요리 이름과 레시피가 붙었고 그 아래로는 요리에 필요한 재료가 종류별로 놓여 있었다. 한 손님이 갈비찜 묶음을 사 갔고 그다음 손님은 나시고랭 묶음을 사 갔다. 메뉴는 그 두 가지뿐이었다.

"필요한 재료만 사셔도 돼요."

머리를 묶은 여자가 내게 말했다. 30대 중반이나 40대 초반으로 보였는데 쌍꺼풀 없는 눈이 진중해 보였다.

그녀에게 붉은색 명함을 내밀었다.

"아, 마파두부 팔 때 오셨구나. 오늘은 마파두부가 없는데. 어쩌죠?"

"비결을 알 수 있을까요?"

"비결요?" 여자가 눈을 크게 떴다가 손을 모으고 골똘히 뭔가를 생각했다. 그녀의 눈썹과 어깨와 다른 몸짓에서 그녀가 어떻게든 이 상황을 해결하려 하는 것이 느껴졌다.

"아, 그러면." 그녀가 계산대에 놓인 수첩을 들더니 종이 한 장을 찢어냈다. "우선 육수부터 만드시고, 두부는 연두부를 쓰시고요……" 그녀가 종이에 무엇인가를 적어 내려갔다.

"그게 뭔데요?" 내가 물었다.

"마파두부 때문에 오신 거 아니에요? 몇 개만 빼면 재료는 다른 곳에서 사셔도 비슷해요. 안 그래도 찾는 분이 많아서 다음 달에 다시 넣으려고 했는데."

확실히 그날의 마파두부는 어떤 힘이 있었다. 지운이 한 말도 의미심장했다. 인생에 의문이 들 때 마파두부를 먹고 확신이 들었다. 그날 마파두부를 먹지 않은 사람은 호진밖에 없었다.

그녀가 창고로 들어가 작은 병 두 개를 가져왔다. "이거 딱 하나씩 남은 건데. 저희가 직접 들여온 두반장이랑 춘장이

거든요. 여기 제품이 햇빛 아래서 매일 섞어 만든 거라 색이 이렇게 진해요. 한번 드셔보시면 알 거예요."

그녀의 말에 고개를 끄덕였다.

"웍은 있으세요?"

"그게 있어야 돼요?"

"사는 데 필요하진 않아도 살아가는 데 필요한 것들이 있죠."

내 표정을 본 그녀가 곧 말을 덧붙였다.

"맛이 확실히 다르거든요."

그녀에게서 두반장과 춘장을 담은 종이봉투와 레시피 종이를 받았다.

"아이디어가 좋네요." 그녀에게 말했다. "레시피랑 같이 재료를 파는 게요."

"요리에 관심도 많고 이런 식료품점 여는 게 꿈이었거든요. 남편이랑 같이 시작했어요."

그녀가 웃으며 나를 바라봤다.

"그대로만 하세요." 그녀가 말했다. "좋아질 거예요."

레시피에는 취잎과 닭 뼈 같은 생소한 재료가 적혀 있다. 마파두부 하나를 먹는 데 육수를 세 시간이나 우려야 한다니. 생각보다 긴 시간이 걸리겠지만 어쩌면 정말 모든 게 이루어질지 모른다는 생각이 든다. 마트에서 필요한 재료를 시키고 레시피대로 마파두부를 만든 뒤 호진에게 먹인다.

그가 미리 준비해둔 두꺼운 이불 위로 쓰러지더니 가늘게 숨을 내쉰다. 눈을 떴을 때 호진은 다시 보통의 사람이 된다.

그러고 보니 면접 결과가 나왔을지 모른다. 휴대폰을 켜봐야겠다. 좋은 일만 일어나리라는 예감이 든다.

이호진, 개새끼. 지금은 집이고 나는 곧 운전을 해야 한다. 화를 내봐야 서로에게 좋을 게 없다는 생각으로 마음을 다스린다.

면허는 대학교 마지막 학기에 땄지만, 지난 10여 년간 운전한 적은 단 두 번이다. 그것도 면허를 따고 얼마 안 됐을 때, 엄마가 동승한 운전이었다. 그러나 집에서 한강은 너무 멀고 지금 운전할 수 있는 사람은 나뿐이다.

지하철을 타 휴대폰을 켜자 팀장에게서 톡 여덟 개가, 시어머니에게서 톡 하나가 와 있었다. 톡을 확인하려는데 그녀에게서 전화가 왔다.

"네, 어머니."

"얘, 왜 전화를 안 받니?"

"일이 있어서 잠깐 꺼놨어요."

"호진이 잘 있니? 그제 꿈자리가 뒤숭숭해서."

"전화 안 받아요?"

"응, 바쁘다니? 회사래?"

"글쎄요. 집에 있을 텐데 왜 안 받을까요?"

그녀의 목소리를 들으며 지원한 회사의 채용 홈페이지에 들어갔다. 합격자 명단이 떠 있었다. 게시물을 클릭하고 이름을 입력했다. "진심으로 안타깝기는." 나도 모르게 중얼거렸다. 그녀가 무슨 말이냐고 물었다. 어머니, 호진이 잘 있어요. 너무 잘 있어서 탈이에요. 속말을 삼켰다.

집에 도착해보니 호진은 그새 옆구리가 더 터진 쿠션을 안고 소파에 누워 있었다. 그에게 다가가 쿠션을 집어 들었다. 쉽게 뺏으리라 생각했는데 호진이 손에 힘을 주고 버텼다.

"세상에 너만 우울하고 니 인생만 불행하니? 이럴 때일수록 운동을 하든지, 자기 계발을 해. 스스로 감정을 다스릴 줄도 알아야지."

쿠션의 찢어진 틈에 손을 넣고 잡아끌었다. 호진이 쿠션을 놓치며 균형을 잃었다. 소파에 머리를 박았고 쿵 소리를 내며 넘어졌다. 호진의 머리가 티브이 앞까지 굴러떨어졌다. 소파 앞으로 미끄러진 그의 몸이 움직이지 않았다. 어깨 가운데로 찢겨 나간 근육과 틀어져 위로 솟은 뼈가 보였다.

뒤돌아 호진의 머리로 다가갔다. 목이 부러진 거친 도자기, 오래되어 껍질이 벗겨진 축구공 같은 존재의 입이 벌어지다 닫혔다. 호진과 눈이 마주쳤다.

"미안해." 그에게 말했다. "퇴근하고 건대까지 갔다 왔는데 네가 그러고 있으니까……"

"유튜브 봤어." 그가 눈을 감고 한숨을 내쉬었다. "세상에 목이 잘리고도 긍정적으로 생각해야 하는 사람은 나뿐일 거야."

"유튜브? '긍정의 힘'인가 그거?" 화를 참기 위해 숨을 천천히 내쉬었다. "호진아…… 상황이 이럴수록 더 정신을 차려야 돼."

호진이 대답 없이 눈을 깜빡였다.

"씹니?"

"아니." 호진이 눈썹을 내려뜨리고 턱에 힘을 줬다. "고개를 끄덕일 수가 없어."

호진에게 레시피를 보여주고 냉장고에 있는 재료를 확인했다. 정체를 알 수 없는 봉지와 반찬통이 꽤 있었다. 하나씩 꺼내 부엌 바닥에 놓고 내용물을 살폈다.

손질하고 넣어둔 양파 반 조각 여러 개, 임신에 도움이 된다며 시어머니가 지어주신 한약, 위에 좋다기에 산 양배추 한 통, 내가 좋아해 엄마가 해주신 장조림, 호진이 좋다고 해 시어머니가 사주신 갓김치, 맥주 세 캔, (냉동실에 있던) 삶은 닭가슴살, 언제 샀는지 모르는 붉은 고기. 상해서 버려야 하는 게 한둘이 아니었다.

"지긋지긋하다." 입 밖으로 말이 새어 나왔다. "어쩌면 우리는 계속 이렇게 살아가지 않을까. 못 먹을 것을 바라고 또 버리면서."

"아니야." 호진이 입을 놀렸다. "내가 오늘 배운 게 있지."

"나연이 네가 이제야 지긋지긋하다는 생각이 든 건 지금까지는 꽤 성공한 인생을 살았다는 거야. 우리한테는 성한 부분만 모으면 한 개는 되는 양파가 있고 손질 안 해서 아직 멀쩡한 양배추 한 덩이가 있고 내용물을 빼니 이렇게 크고 새것처럼 잘 돌아가는 냉장고가 있잖아. 그리고 네게는 적어도 소파에 부딪혀도 멀쩡히 붙어 있을 몸뚱이가 있잖니."

호진이 '긍정의 힘'을 보며 우울해한 이유를 알 것 같았다. 그의 말은 죄다 엉터리였지만, 그래도 우리에게는 양파 한 개가 있었고 (마파두부에 필요한 재료는 아니지만) 냉동 닭 가슴살이 있었다. 우리는 냉장고에서 꺼낸 대부분의 (상한) 음식을 버렸고 인터넷으로 필요한 재료를 주문했다.

"칡잎은 따로 사야겠는데? 내일모레면 온대."

"칡잎을 왜 사. 호진이 말했다. 한강에 널린 게 칡잎이야."

자정이 가까운 시간, 근처 한강공원은 차로 10분 거리였지만, 걸어서는 한 시간이 걸렸다. 목이 잘린 호진은 운전할 수 없었다.

"내가 해볼까."

"뭐를." 호진이 되물었다.

"여의도 한강공원도 아니고 사람도 별로 없을걸."

호진이 또 나를 말없이 쳐다보다가 고개를 끄덕이고 있다고 말했다.

7월 23일 화요일

어쨌거나 하루가 지났으니 날짜를 다르게 표기한다. 지금은 새벽 3시 반, 집이다. 시야가 흔들리고 눈이 감긴다. 육수를 끓이는 동안 한강에 다녀온 일을 적는다.

호진의 머리를 조수석에 두고 운전석에 앉았다. 오랜만에 차에 앉으니 액셀이고 브레이크고 모든 게 새롭게 느껴졌다. 핸들을 힘주어 잡았다. 핸들 커버의 오돌토돌하고 끈적한 감촉이 낯설었다.

아파트를 나와서는 줄곧 직진 구간이라 편했다. 길에 차가 많지 않아 자신감도 붙었다. 문제는 한강에 거의 도착했을 무렵 생겼다. 앞 유리가 조금씩 흐려졌고 손을 뻗어 유리를 닦아도 그대로였다. 희미한 앞차의 불빛을 따라 신호등 앞에 멈춰 섰다.

"에어컨 때문에 그래." 호진이 말했다. "와이퍼를 돌려."

"어떻게 하는데?" 내가 물었다. 차 한 대가 뒤에 멈췄고 곧이어 앞차가 움직였다. 뒤늦게 방향지시등을 켰다. 브레이크에서 발을 떼고 액셀에 올렸다. 핸들을 돌리면서 손가락을 움직여 와이퍼를 켰다. 세번째 손가락만 움직였을 뿐인데 오른발에 힘이 들어가면서 액셀이 더 깊게 눌렸다. 앞유리가 다시 선명해졌고 눈앞에 앞차의 트렁크가 보였다. 황급히 브레이크를 밟았다. 머리가 와락 앞으로 쏠려 눈을 감았다. 호진의 외마디 소리가 들렸고 토마토를 바닥에 던진 것 같은 소리가 났다. 핸들에 부딪힌 이마가 얼얼했고 흉부가 안전벨트에 걸려 숨이 잘 쉬어지지 않았다. 천천히 숨을 들이마셨다. 심장이 두근거렸고 팔다리가 저리고 후들거렸다.

"하……" 호진의 목소리가 멀게 느껴졌다. "죽을 뻔했네."

핸들에서 이마를 떼고 허리를 폈다. 조수석으로 고개를 돌렸다. 호진이 보이지 않았다. 몸을 조금 숙여 바닥을 살폈다. 호진의 뒤통수가 어슴푸레하게 보였다.

"어떡해. 안전벨트라도 매줄걸."

"퍽이나 안전했겠다."

서둘러 호진의 머리를 조수석으로 올리고 안전벨트를 둘렀다. 벨트를 두를 곳이 없을 거란 예상과 다르게 코와 턱 사이에 벨트를 걸칠 수 있었다. 호진의 입이 좀 우그러졌지만, 그가 바닥에 떨어지는 것보단 나았다.

다시 도로를 보는데 줄 서 있던 차들이 보이지 않았다. 느리게 차선을 바꾸고 좌회전 신호를 기다렸다.

호진이 무어라 하는 소리가 들렸다. 눈썹을 찌푸리고 광대를 한껏 들어 올려 주절주절 불만을 늘어놓고 있었다. 입 위에 있는 안전벨트 때문에 정확한 말은 들리지 않았지만, 이럴 바에는 진작 운전 연수를 받지 그랬냐, 그러게 아까 급정거를 조심하라고 하지 않았냐, 이러다 사고라도 났으면 어쩔 뻔했냐, 그런 말들인 것 같았다.

작고 하찮은 호진의 머리를 지그시 바라보았다. 신호에 따라 좌회전을 하고 어느 상가 앞에 차를 세웠다.

"더 못 가겠어. 온몸이 떨려." 내가 말했다.

호진의 안전벨트를 풀자 움푹 들어간 그의 입이 보였다.

"거의 다 왔는데." 그가 말했다. "그럼 갔다 와."

"혼자 가라고? 너무 무섭잖아."

차들이 사라진 도로에는 사람 한 명 없었다.

"너 칡이 어떻게 생겼는지는 알아?" 호진이 물었다.

"넌 알아?"

"군대에서 지겹게 뽑았지."

칡을 찾기 위해서는 호진이 필요했고 호진이 걷기 위해서는 내가 필요했다. 의논 끝에 트렁크에서 우산을 꺼내 왼손에 들었고 호진의 머리를 오른손에 받쳐 들었다.

후덥지근한 바람만 부는 여름밤, 호진의 머리를 들고 있자니 식은땀이 났다. 우산을 눌러쓰고 호진을 어깨에 얹은 뒤 손으로 잡았다. 그 상태로 앞을 보려면 고개를 낮춰 밖을 내다봐야 했다. 한강까지의 거리가 까마득하게 느껴졌다.

사방이 어두운 강가로 들어선 뒤에야 우산을 비스듬히 쓰고 호진을 내려 안았다. 한강 둔치는 가로등이 꺼져 바로 앞도 보이지 않았다.

"저기 좀 비춰봐." 호진이 말했다. 손에 닿은 축축하고 차가운 감촉 너머로 진동이 느껴졌다. 부드럽고 간질간질한 느낌이 낯설었다.

화단 너머에 있는 언덕, 무성한 나무와 풀이 조금씩 눈에 들어왔다.

"저기 있네. 저기 난 덩굴이 다 칡이야."

칡잎은 생각과 다르게 크고 무성했다. 인터넷에서 본, 6월부터 핀다는 보라색 꽃은 보이지 않았고 수백 개의 잎만이 끝없이 나 있었다. 근처 벤치에 우산과 호진을 내려놓고 칡잎을 하나씩 땄다.

"질기다, 질겨." 호진이 처진 눈으로 말했다.

"어떻게 이렇게 잘 자랐대." 혼잣말처럼 물었다.

"재가 생명력이 되게 강해." 호진이 대답했다. "바로 손 안 쓰면 일주일 만에 다 덮여."

잎을 한 아름 안고 호진에게 돌아갔다.

"우리도 나름 잘 살고 있어."

나도 모르게 그런 말이 나왔다. 호진의 연약한 몸보다도, 그놈의 비결보다도, 마파두부보다도 그 말이 제일 중요한 것처럼 느껴졌다.

육수가 완성되면 마파두부를 해 먹는 일만 남는다. 지난 3일하고도 4시간가량의 일이 이것 하나로 일단락된다니 기분이 이상하다. 호진과 나는 앞으로 어떻게 될까. 나름대로 열심히 살았다고 생각했는데 왜 우리에게 이런 일이 일어났을까.

"잘 살고 있어." 소파에 놓여 티브이를 보는 호진의 머리에게 다시 한번 말을 건넸다.

방금 2호선 빈자리에 앉았다. 운이 좋았다. 잠이 몰아치지만 눈을 감기만 하면 새로운 아이디어가 떠오른다. 아이디어 노트를 따로 만들어야겠다. 날마다 기록하기가 쉽지 않았지만, 그래도 호진에 대해 적어두기 잘했다는 생각이 든다. 곧 쓸 일이 있을지 모른다. 당분간 회사는 그대로 다니고 퇴근 후에는 호진을 도와 영상을 편집하고 자막을 다듬어야 할 것 같다.

요약하자면 우리가 식료품점 주인의 레시피대로 만든 마

파두부는 지운이 선보였던 마파두부와 거의 비슷한 모습에 비슷한 냄새를 풍겼다. 우리는 성공했다는 생각에 들떴다. 나는 호진의 몸을 식탁에 앉히고 그 위에 머리를 올려 몸이 붙기를 기다렸다. 호진은 식탁이 움직일 때마다 부드럽게 흔들리는 두부를 내려다보며 코를 킁킁거렸다.

"이걸 먹고도 똑같으면 어쩌지."

"글쎄." 호진이 태평한 표정으로 말했다. "공포 영화 엑스트라로 일하면 어때. 분장이 필요 없으니까 쓰지 않을까."

"좀비?" 내가 물었다. "너는 좀비라기엔 좀…… 덜 무서운 비주얼인데."

"살을 더 찢어야 하나. 아니면, 죽었지만 괜찮아, 이런 책을 써볼까."

"그러면 유명해질 텐데 괜찮겠어? 그럼 나는 네 매니저 할래."

말을 주고받으며 호진과 나는 점점 크고 긴 웃음을 터트렸다.

"아니면, 유튜브는 어때." 호진이 웃음기를 거두고 말했다. "좀비 생활, 이런 느낌으로."

그때 호진의 휴대폰이 울렸다. 호진의 아버지였다. 전화를 받아 호진의 귀에 휴대폰을 대주었다. 수화기 너머로 시아버지의 목소리가 들렸다.

"왜 이렇게 전화를 안 받아. 엄마가 걱정한다."

"이제 괜찮아요."

"이제라니, 무슨 일 있었냐."

"요즘 좀 안 좋았는데 크리에이터 분야에 도전해볼까 해요."

"크리터가 뭐냐."

"아버지 유튜브 안 보세요? 유튜버라고, 떼돈 벌어요."

"무슨 놈의 유튜브. 지금 다니는 직장에나 잘 붙어 있어라. 헛바람 들어서 직장 관두고 후회하는 놈들 많이 봤다."

"아니에요, 아버지. 진짜 대박 날 거예요."

시아버지의 목소리는 점점 커졌다. 휴대폰을 든 손에 축축하고 눅진한 촉감이 느껴졌다. 호진의 피부가 조금씩 흘러내리고 있었다. 서둘러 휴대폰을 호진에게서 떼고 전화를 끊었다. 검고 붉어진 얼굴로 호진이 나를 쳐다봤다.

"왜?"

휴대폰 셀카 모드로 호진의 모습을 보여줬다.

"이것 봐. 너 무서워졌어."

"그러게." 호진이 기괴하게 이를 드러내 보였다.

시험 삼아 찍은 영상에서 호진은 얼핏 티브이나 영화에 나오는 좀비처럼 보였다. 모형인가 싶다가도 호진이 입을 열면 윗입술이 벌어지면서 붉고 흰 속이 보여 실감이 났다. 기괴하면서도 심하게 흉하지 않아 적당한 자극을 주지만 보기에 큰 거부감이 들지 않았다.

우리는 호진을 주인공으로 만들 수 있는 영상에 대해 이야기했다. 귀여운 좀비, 실제 좀비는 창작물과 어떻게 다른가, 좀비의 명칭에 대해 말하는 좀비(과연 좀비가 적합한 이름일까요?), 좀비 먹방, 좀비 스킨케어. 화두 앞에 좀비를 갖다 붙이면 뭐든 새로워졌다.

그사이 호진의 목이 붙었다. 호진과 나는 서로를 볼 뿐 아무 말도 하지 않았다.

"나중에 먹어도 되지 않을까?" 호진이 입을 열었다.

그럴듯하다는 생각에 고개를 끄덕였다. 호진이 식탁에서 일어나 누군가 들으라는 듯이 (집에는 나와 자기밖에 없는데도) 요란스럽게 '긍정의 힘' 유튜버를 구독 취소했다.

여기까지가 내가 본 호진의 모습이다. 호진은 회사를 그만두기로 했고 나는 출근 시간이 들이닥쳐 제대로 씻지도 못한 채 집을 나왔다. 호진이 유튜브 스타가 되면 그 돈으로 회사를 차려서 사장이 되고, 아니 그건 좀 부푼 꿈일지라도, 일단은 회사를 때려치우고 새로운 인생을 살 것이다. 우리의 미래는 핏빛이다. 장밋빛보다 붉은 핏빛!

해설

이상한 나라의 '웃픔'

이지은
(문학평론가)

거위를 따라서

어느 날 우연히 거위를 만난다면 쫓아가보길 바란다. 몸집이 크고 윤기가 흐르며 손수건을 목에 두르고 있는, 닭 다리를 좋아하고 소주를 들이켜는 거위를 만난다면 말이다. 토끼가 앨리스를 이상한 나라로 이끌었듯, 거위는 당신을 낯선 세계로 데려갈 것이다. 그곳에서는 나무에 팬티가 걸리고(「팬티」) 아파트 창밖으로 물고기가 다니며(「우리 집에 놀러 와」) 모두들 누군가를 납치하여 어디론가 가고 있다(「귀경」). 어디 그뿐인가. 외로운 소년은 고래가 되고(「숨통」), 퇴직 압박을 버티고 있는 회사원은 그림이 된다(「같이 점심 먹을래요?」). 어떤 남자는 친구의 승진과 집 장만 소식에 속이 썩다 못해 좀비가 되었는데, 이참에 좀비 유튜버로 전향할까 고민 중이다(「좋아질 거예요」). 이런 세계라면 정체 모를 바이러스로 사람들이 하나둘 거위로 변한다 한들 못 믿을 이유가 없지 않겠나.

> "그럴듯한 개소리였다. 커뮤니티 글 외에 문제의 질병을 기립성저혈압으로 추정하는 기사도 있었다." (p. 45)

곤혹스러운 건 이렇게 황당하고 발랄한 세계의 기저에 슬픔과 애잔함이 도사리고 있다는 사실이다. 그러나 너무 걱정하지 않아도 된다. 단짠의 조합이란 실패하는 법이 없으니까. 게다가 어른들을 위한 환상소설답게 슬픔은 멀찍이 거리를 두고 담담하게 관측된다. 눈물을 감출 유머와 여유는 충분히 마련되어 있다. 그러니 어느 날 거위가 나타난다면 꼭 뒤를 쫓아야 한다.

팬티 나무 너머로

거위를 따라가다 보면 제일 먼저 팬티가 걸려 있는 나무를 발견하게 될 것이다. 그 나무를 지나면 전예진식 이상한 나라가 펼쳐진다. 나무를 지나치기 전에 두 여자의 '범죄 모의'를 지켜보자. 「팬티」의 멋쟁이 할머니 강상미와 옆집 103호 여자는 이 팬티들이 불편하다. 강상미는 남사스러운 팬티가 단풍나무의 낭만과 신비를 해쳐서 싫고, 옆집 여자는 여성을 성애화하기 위해 만들어진 티 팬티가 버젓이 아파트 나무에 걸려 있는 걸 용납할 수가 없다. 그렇다면 주민들에게 이의를 제기하고 팬티를 걷어내면 그만일 것 같은데, 강상미에겐 문제가 간단치 않다. 늙은이 취급당하는 걸 끔찍이 싫어하는 그녀는 팬티 전시에 반대했다가 시대에 뒤떨어진 할머니로 보일까 봐 두렵다. 수많은 팔로워를 거느린 SNS 셀러브리티로서 그녀 스스로 '좋아요'를 누른 팬티 전시에 반대를 한다는 것도 곤란하고, "내가 늙어서 잘못 생각하나 [……] 새로운 시대가 왔는데 나만 못 따라가고 있나?"(p. 24)와 같은 고민에서 자유로울 수도 없다. 게다가 자기가 가장 좋아하는 망사 팬티를 나무에 걸겠다는 이웃 여자를 보면 누구 말이 옳은지 헷갈리기까지 하다. 사람들 몰래 팬티를 걷어내려는 강상미의 '완전 범죄' 기도가 짠하다.

강상미를 비롯한 이상한 나라 주민들의 행동은 어쩐지 우습기도 하고 슬프기도 하다. 가령, 「우리 집에 놀러와」의 율은 침수된 아파트에서 산다. 재난이 평등하지 않다는 현실 논리는 이상한 나라에서도 작동하고 있어서, 6층 이하의 저층은 수중 아파트가 된 것이다. 바깥에 나갈 수 없는 율은 작은 창으로 물고기를 관찰하며 하루를 보내는데, 율이 기다리는 반짝이는 물고기는 좀처럼 나타나지 않는다. 그런데 물에 잠긴 아파트라 해서 이곳을 아포칼립스 타입의 절망적 세계로 생각해서는 안 된다. 종말론적 세계관은 홍수로 세계를 단죄하는 신의 심판을 기다리지만, 이곳 이상한 나라의 수중 아파트에는 수영 장비를 갖추고 일하러 나가는 배달 노동자가 산다. 종말이 아니라, '우리 집에 놀러' 올 친구를 기다리는, 그러니까 내일을 버리지 않은 사람들의 세계다.

그런 점에서 「귀경」의 주영 또한 더 나은 쪽으로 나아가고 있는 사람이라 할 수 있다. 그 나아감이 범죄(와 유사한 거)라는 게 문제지만. 주영은 아버지 앞에서 "당신은 너무 오랫동안 자신의 책임을 권숙자에게 넘겼다"라고…… 하지는 못하고, 그냥 엄마 권숙자를 납치해버렸다. 아마 처음부터 납치하려던 것은 아니었을 텐데, 자신의 권리 주장에 도리어 시큰둥한 엄마의 태도가 다른 방법을 찾지 못하게 만든 듯하다. "왜 어머니를 [……] 납치하십니까?" "혼자선 못 하니까요."(p. 79) 여기엔 이중의 '웃(기고 슬)픈' 사정이 겹쳐져 있는데, 하나가 주영의 쭈그러든 용기와 무모한 실행력이라면, 다른 하나는 기실 다들 그렇게 다른 세계로 떠나고 있다는 사실이다. "모두 어디론가 가고 있습니다. 누군가를 싣고서요."(p. 80)

한편, 「좋아질 거예요」의 호진은 '웃픔'과 '단짠'의 양극단을 가장 극적으로 오가는 인물이다. 그는 대학교 동창 지운 부부의 집들이에 다녀온 후로 몸에 이상이 생긴다. 작은 자극에도 몸이 손상되고, 살짝 부딪혀도 신체 부위가 떨어져 나간다. 도무지 원인을 알 수 없는 가운데, VIP 쿠폰을 발견하자 오른쪽 손목이 다시 붙는 것으로 보아 신체의 증세는 "호진의 기분에 따라 달라지는 것 같다".(p. 219) 그렇다면 원인을 알 것도 같다. 분당의 32평 아파트를 "부모 도움으로 대출 없이" 샀다는 지운이 식사 자리에서 자신의 인생 스토리를 늘어놓았으니 호진이 탈이 나지 않을 수 있겠는가. 그날 호진은 지운이 대접한 마파두부에 손도 대지 않았다. "요리계의 자수성가"(p. 215)가 만든 것이자 지운 인생의 전환점이 되어줬다는 그 마파두부를 말이다.

> "마파두부가 왜 마파두분데. 마파, 그러니까 곰보 할머니가 만든 소박한 음식이라 이거야. 근데 그게 웬만한 사

람은 다 아는 세계적인 음식이 됐잖냐. 거의 요리계의 자수성가야. 내가 재작년에 이직 고민할 때 내 인생 어떡하냐, 이랬거든. 그러다 이 마파두부를 먹었는데 아, 딱 확신이 드는 거야. 이거라는." (p. 215~16)

확실히 그날의 마파두부는 어떤 힘이 있었다. 지운이 한 말도 의미심장했다. 인생에 의문이 들 때 마파두부를 먹고 확신이 들었다. 그날 마파두부를 먹지 않은 사람은 호진밖에 없었다. (p. 225)

이제 방법을 알았으니 실행하면 된다. "부모 도움으로 대출 없이 자가" 집들이에서 "자수성가"(p. 215) 운운하는 이야기를 듣는 게 얼마나 치사하고 아니꼽든, 호진은 삼켜야 한다. 마파두부를. 아니, 마파두부와 아니꼬움과 질투와 이 사회의 부조리 그 모두 다를. 아내인 '나'는 지운이 알려준 식당에서 재료를 사 왔고, 댕강 떨어진 호진의 머리를 옆자리에 태우고서 한강변까지 가 칡잎을 구해 왔다. 요리는 완성되었다. "나는 호진의 몸을 식탁에 앉히고 그 위에 머리를 올려 몸이 붙기를 기다렸다. 호진은 식탁이 움직일 때마다 부드럽게 흔들리는 두부를 내려다보며 코를 킁킁거렸다."(p. 236) 그런데 그 순간 호진의 아버지에게서 전화가 왔고, 휴대폰 열기에 호진의 피부가 뭉개졌다. 뭉개진 얼굴은 좀비처럼 보였고, 좀비라고 하니 "좀비 먹방, 좀비 스킨케어" 등 "호진을 주인공으로 만들 수 있는 영상"들이 떠올랐으며, 그 사이에 마파두부는 냄새만으로 효력을 드러내 호진의 목이 붙었다. 자, 이제 이들은 어떻게 할까.

> 그사이 호진의 목이 붙었다. 호진과 나는 서로를 볼 뿐 아무 말도 하지 않았다.
> "나중에 먹어도 되지 않을까?" 호진이 입을 열었다.
> 그럴듯하다는 생각에 고개를 끄덕였다. 호진이 식탁에서 일어나 누군가 들으라는 듯이 (집에는 나와 자기밖에 없는데도) 요란스럽게 '긍정의 힘' 유튜버를 구독 취소했다. (p. 238)

「점심 같이 먹을래요?」의 신입 사원 김지은은 회사 로비에 걸린 그림 앞에서 점심을 먹는다. 신입 사원 집단 따돌림 같은 건 아니고, 오히려 핍박받는 쪽은 그림 속 여자다. 그녀는 영업팀 차장 유귀동으로 언젠가는 "고용되어 일한다는 생각보다는 기획에 대한 열정, 목표를 이루겠다는 절박함으로"(p. 150) 일했지만, 지금은 로비의 그림이 되어 회사의 권고사직 압박을 견디고 있는 중이다. 이 황당한 점심 식사를 더욱 서글프게 만드는 건 이들이 이 와중에도 회사 생활의 요령에 대해서 얘기하고 있다는 거다. 유귀동은 김지은의 회사 생활에 대해 이것저것 묻고, 베테랑 선배답게 적확한 조언을 해준다. 덕분에 김지은은 자기 부서에서 점차 자리를 잡아가고, 유귀동도 김지은의 조언 덕에 회사 바깥의 자기 생활을 조금씩 꾸려나가는 듯하다. 그러나 인신공격에 가까운 근무 평가가 사직 압박의 수단으로 유귀동에게 도달하고, 이에 상처받은 그녀는 더욱더 그림 밖으로 나갈 엄두를 내지 못하게 된다. 그러자 김지은은 액자를 통째로 들고 회사 바깥으로 나간다. 같이 점심 먹자고 하면서.

전방엔 과몰입 방지턱

「점심 같이 먹을래요?」의 유귀동은 처음부터 로비에 걸린 그림은 아니었고, 회사의 권고사직을 받아들이지 않으면서 로비의 액자가 되었다. "인사팀에서는 사직을 권고했지만 유 차장은 받아들이지 않았다. 그녀는 출근을 계속했고 주어진 일이 없어도 개의치 않는 것처럼 보였다. 유 차장의 자리는 곧 1층 액자로 바뀌었다.(p. 167)" 말하자면 유귀동은 대기 발령 상황에 놓인 듯한데, 그렇다면 소설은 그런 그녀를 왜 하필 '로비에 걸린 그림'으로 설정했을까. 이는 환상적 장치임에는 틀림없지만, 유귀동의 처지를 곰곰이 따져보면 터무니없는 비유라고만 할 수도 없다. 그녀에겐 업무가 주어지지 않고, 따라서 회사에는 그녀의 자리도 없다. 회사는 이러한 비참한 처지를 동료들에게 공개하여 당사자에게 망신을 줌으로써 사직을 종용한다. 모든 사람의 시선에 노출되어 있으면서도 누구의 관심도 받지 못하는 사람, 대기 발령자는 마치 로비에 걸린 그림처럼 보인다.

「점심 같이 먹을래요?」의 은유는 그 자체로도 성공한 문학적 장치이지만, 그 외에 몇 가지 기능을 더 수행하고 있다. 먼저, 환상적 장치는 대기 발령자의 비참한 처지에 대한 폭력적인 시선을 차단하고, 재현이 숙명적으로 떠안고 있는 대상화의 덫을 비껴갈 수 있게 한다. 소설에서 유귀동의 일과와 점심 식사, 그리고 그녀의 미세한 표정 변화나 눈물 등은 '그림'이라는 은유적 거리를 통해 최소한의 존엄을 확보한 뒤 묘사된다. 또, 이는 독자가 슬픔에 함몰되는 것을 막는 안전거리로도 기능한다. 이 거리를 통해 독자는 감정의 과잉 없이 그녀의 삶을 담담하게 응시할 수 있게 된다. 이러한 특징은 앞서 보았던 「좋아질 거예요」에서도 유사하게 발견된다. 기실 호진이 지운으로 인해 느꼈을 법한 무력감이나 절망감은 웃어넘기기엔 자못 심각한 것이기도 하다. 그러나 소설은 무거운 주제를 '좀비되기'라는 엉뚱한 상상력을 통해 우회함으로써 각박한 현실과 메마른 마음을 유머러스하게 드러낸다.

「숨통」을 통해 이야기를 이어나가보자. 소설은 다음과 같은 첫 문장으로 시작한다. "김수민은 20년 전 고래가 되었다."(p. 85) 이 황당한 진술 또한 전예진의 소설 세계에서라면 실제 사건이 된다. 김수민은 몇 번의 수술로 새로운 숨통을 얻었고, 새로 숨 쉬는 법을 배워 바닷속으로 들어갔다. "가고 싶은 대로 갈 거라고"(p. 109) 하더니, 위치 추적 장치도 떼버려서 이젠 그가 어느 바다에서 헤엄치고 있는지 알 수도 없다. 수민은 원하는 바를 이루긴 했지만, 그의 삶을 바라보는 동생 '나'의 마음은 복잡하다. 그가 새로운 숨통을 만들어야 했던 건 그의 숨통을 조이는 것들이 많았기 때문이다. 수민은 같은 학교 친구들에게 집단 따돌림과 학대를 당했고, 그러한 폭력은 교사의 무관심과 무책임 속에서 지속되었다. 수민에 대한 부모의 사랑이야 진심이었겠지만, 그 진심은 수민을 이해해주지도 도와주지도 못했다. 수민이 스스로 고래가 되길 바란 건 맞지만, 그 바람이 긍정적 계기들로만 이루어진 것은 아니었다. 그러나 소설은 수민을 설득하거나 회유하려 하지 않는다. 아무리 끙끙대봐야 꿈쩍도 않는 현실에서 수민이 혼자서 싸우도록 내버려두지 않는다.

오히려 현실의 폭력이 침범할 수 없는 상상력을 동원하여 다른 세계를 열어준다. 소설은 수민의 편에 선다는 게 무엇인지 정확히 아는 것이다.

이 소설에서도 '고래 되기'라는 환상적 요소는 수민의 삶을 동정과 연민의 대상으로만 바라보지 못하게 한다. 수민이 혼자 감당해야 했을 외로움과 쓸쓸함은 아프게 전달되지만, 그가 누리고 있을 광활한 바다와 끝없는 자유는 독자의 경험을 초과한다. 따라서 독자는 수민을 '집단 따돌림 피해자'와 같은 기존의 정형화된 표상 안에 함부로 가둘 수 없게 된다. 그런데 이와 같은 작가의 의지는 서술자를 통해서도 달성된다. 「숨통」은 수민의 동생인 '나'가 어른이 된 뒤 20년 전의 오빠를 회상하는 형식으로 쓰였다. 동생의 시선에서 관찰된 수민의 행동은 '나'가 어른이 된 후에야 이해가 되기도 하고, 혹은 어른이 되어서도 이해가 되지 않기도 한다. 예컨대, '나'는 성인이 되면서 사람들이 모두 다르다는 걸 새삼 깨닫게 된다. "쏨뱅이처럼 입이 크고 움직임이 굼뜬 사람, 경계하는 데 과한 에너지를 쓰는 가시복 같은 사람, 쥐치, 볼락, 베도라치……"(p. 106) 그렇다면 수민이 고래가 되었다고 해서 그리 유별나게 화제가 될 필요는 없지 않을까. 더욱이 직장인이 된 '나'는 사무실에서 숨통이 조이는 걸 느끼고, 그때마다 화장실로 달려간다. 그렇다면 이제 '나'는 수민의 결정을 회피가 아니라 선택으로 이해할 수도 있지 않을까. "김수민은 어떻게 알았을까. 자신의 숨통이 어디인지를."(p. 108)

그런가 하면 '나'가 성인이 된 뒤에도 영원히 알 수 없는 수민의 마음도 있다. 바다에 들어가기 전 수민은 "목을 돌려 나를 쳐다"보며, "그르륵거린 뒤 까가각하는 소리를 냈다".(p. 97) 언어로 소통하는 데 문제가 없는 수민이 "굳이 울음소리를 냈다면 [……] 특정한 사람만 알아듣길 바라는"(p. 101) 마음으로 어떤 메시지를 전달하려 했던 것일 테다. 그러나 고래의 언어를 모르는 '나'는, 그리고 독자는 수민의 마음을 전부 이해하는 데에는 실패할 수밖에 없다. 바다에 들어가기 전에 수민이 의미심장하게 남겼던 말, 그 말을 떠올리며 수민의 내면을 추측해볼 뿐이다.

> 바다로 들어가는 날 김수민은 긴 숨을 내뿜었고 나를 쳐다보았다. 하늘에 생긴 물줄기가 사람들 사이로 안개처럼 흘러내렸다.
>
> 살아 있다, 하는 거야. 잘 있다고. (p. 110)

어린아이의 시선을 취하면서 서사의 여백을 남기는 전략은 「파도를 보는 일」에서도 나타난다. '나'는 할머니의 장례식장에서 어린 시절 할머니와 둘이서 떠났던 짧은 여행을 떠올리고 있다. 그 여행은 본래 온 가족이 함께 가기로 되어 있었는데, 부모의 싸움이 심각해져 할머니와 '나' 둘이서만 떠난 것이었다. 마지못해 따라나서는 손녀를 데리고 차도 없이 리조트를 찾아 나서는 것은 할머니에게도 부대끼는 일이었을 텐데, 어린 '나'는 할머니 마음을 돌볼 여유가 없었다. 부모의 이혼이 두려웠고, 여행지에서 우연히 만난 같은 반 해연의 가족에게 주눅이 들어 있었다. 해연은 '나'와 고민을 공유하며 친구가 되어줄 듯 굴었지만, 금세 떠나고 만다. 당시 '나'의 곁을 지켜준 사람은 할머니였지만, 어린 '나'는 그 고마움을 제대로 이해하지 못한 채 할머니에게 의지하기만 했다. 그러나 어른이 되어 다시 생각해보면, 할머니에게도 무서운 것이 있었다. 가령, 스물다섯이 넘어서야 처음 가본 바다 같은 것. "어려서부터 학교도 가고 바다도 가봤으면 그러진 않았을 거야. [……] 그랬으면 무서울 게 없었겠지."(p. 129) 어쩌면 '나'의 부모가 싸우던 그때 할머니는 덮쳐 오는 파도 앞에서처럼 자식들의 불화가 두려웠는지 모른다. 그러나 할머니는 파도를 피하기보다 눈으로 손녀를 먼저 찾았다. 그때 할머니의 눈빛은 어린 '나'에게도 각인되었지만, 그 눈빛이 '나'에게 어떤 의미였는지는 할머니의 장례식장에서야 겨우 깨닫게 된다. 물론 어린아이가 알아챌 수 없었던 그날 할머니의 마음은 여전히 불투명하게 남아 있다.

> 할머니와 여행을 떠난 이른 봄 이후로 나는 자주 바다 앞에 선 할머니를 떠올렸다. 키만큼 튀어 오른 파도를 돌아보던, 그러다 다시 내게 향하던 두 눈을. 그때는 누군가의 말보다 그 사람이 내 곁에 있으리라는 사실이 중요했다. 할머니는 내 곁에 있었고 그로써 나는 그날과 이후의 무수한 날을 지나보낼 수 있었다. (p. 143~44)

망명자들의 나라

> "너 그냥 도망치는 거야."
> 방문이 열리는 소리가 났다.
> "근데 뭐?" 김수민이 물었다. (p. 93~94)

「숨통」에서 김수민이 고래가 되겠다고 했을 때, 그의 부모는 이렇게 말했다. "그래도 해봐야지. [……] 너 그렇게 쉽게 포기할 거야?"(p. 93) 설득이 안 되자 그건 도망치는 거라고 엄포를 놓기도 했다. 누군가는 우리들의 이상한 나라에 대해 수민의 부모와 같은 말을 할지도 모르겠다. 학교 폭력

가해자들과 싸우고, 부당 해고를 종용하는 기업과 싸우고, 가부장제와 싸워야지. 피해자가 바닷속으로 들어가고, 대기 발령자가 그림 속으로 들어가는 건 문제를 회피하는 거라고. 아버지에게 떳떳하게 말하지 못하고 엄마를 납치하는 건 도망이라고. 그런데 이러한 말들은 부모의 '진심 어린' 조언이 수민에게 어떤 도움도 되지 못했다는 걸 깨닫지 못한 듯하다. 싸우는 동안 상처 입고 고통받는 건 온전히 수민의 몫이었다. 그런데도 싸우라고, 이기라고 하는 건 정말 응원이고 격려일까. 고래가 되겠다는 수민의 결심은 '도망'과 '도약' 사이 어디쯤에 있겠지만, 그것을 정확하게 판가름하려는 욕망은 과연 수민을 위한 것일까. 수민의 선택에서 '밀려남'이나 '쫓겨남'만을 부각하고, 수민에게서 '피해자'만 발견해내려는 시각은 그것의 의도와는 달리 권력이 만들어놓은 지배적 질서를 승인하는 효과를 빚을 수 있다. 피해자의 떠남은 도망으로, 약자의 선택은 차선으로 쉽게 이해해버리면서 말이다. '이곳으로부터의 도망'과 '다른 세계로의 도약'을 구분하려는 욕망은 어디에서 비롯되는 걸까. 혹시 도망이라고 부르고 싶은 욕망의 밑바닥엔 이 세계에 발붙이고 있는 자기 위치에 대한 불순한 안도가 작동하고 있는 건 아닐까.

물론 이렇게 말한다고 해서 우리 사회에 만연한 폭력과 부조리를 묵인하거나 회피하자는 뜻은 아니다. 강조하고 싶은 건 『어느 날 거위가』 속 소설들이 우리로 하여금 고통받는 사람의 곁에 선다는 것이 무엇인지 다시 한번 생각하게 만든다는 점이다. 그런 점에서 『어느 날 거위가』는 그 나름의 방식으로 현실에 응전하는 소설이라 할 수 있다. 이들은 우리를 겹겹이 에워싸고 있는 슬픔을 예민하게 감지하되 그것을 과장된 감정으로 휘발시키지 않는다. 한발 물러서 세계를 담담하게 응시하되 작고 무력한 삶을 놓치지 않으려 한다. 왜소한 인생들을 억누르고 있는 세계를 직시하면서, 그것이 침범할 수 없는 '이상한 나라'를 열심히 상상한다. 이것이 바로 이상한 나라의 슬픔과 기쁨일 테고, 전예진식의 삶에 대한 애착일 것이다.

「어느 날 거위가」에서 사람들이 거위로 변하는 황당한 사건은 어떤 교훈적 의미로 쉽게 포착되지 않으며, 인물들이 처한 문제 상황을 해결해주지도 못한다. 또, 「좋아질 거예요」의 좀비가 유튜버 스타로 성공할 수 있을지, 「같이 점심 먹을래요?」의 유귀동이 그림 밖으로 무사히 탈출할 수 있을지 알 수 없다. 이 황당한 사건들은 그저 장난스러운 해프닝에 그칠 수도 있고, 혹은 또 다른 실패라는 의미만을 지닐 수도 있다. 그러나 중요한 건 이상한 나라의 모험을 함께하는 동안 우리는 인생의 '웃픔'을 공유할 수 있었다는 점이다. 더욱 중요한 건 이제 우리는 멀리서 박수를 보내는 응원 부대보다 모험을 함께하는 친구가 훨씬 값지다는 걸 깨달았다는 사실이다. 그러니 우리는 더 많은 이상한 나라들이, 더 많은 망명자들이 나타나길 손 모아 고대하자. 이상한 나라에는 평등한 환대가 준비되어 있다. 당신은 거위만 따라오면 된다.

> 거위가 왜, 어떻게 나타났는지 의문을 품는 사람이 한 명쯤은 있을지도 몰랐다. 그들을 만나야 했다. (p. 69~70)

작가의 말

집에서 많은 시간을 보낸다. 거실에서 운동하고 밥을 먹고 일하다가 방에 들어가 잠이 든다. 나가고는 싶은데 이유 없이 동네를 걷는 게 머쓱해 또 비슷한 하루를 지낸다. 낮 동안 혼자 시간을 보내다 보면 누구라도 붙잡고 이야기하고 싶어 혼잣말을 중얼거리거나 글을 쓴다. 어쩌다 밖에 나가면 이상한 경험을 하기도 한다. 한파 경보가 내린 날씨에 나무에 걸린 사각팬티를 보거나 폭우가 내리는 지하철역에서 바다 냄새를 맡는다. 왜 그럴까 생각하다 보면 팬티가 맺힌 나무나 물에 잠긴 베란다, 그것을 내다보는 사람들이 떠오른다.

일어나지 않은 일을 걱정하는 데 많은 시간을 쓴다. 그래도 행복하거나 즐거운 감정 앞에서 너무 겁먹지 말자고 다짐한다. 살면서 그럴 순간이 많지 않으니까.

다정하고 세심하게 작품을 들여다봐주신 이주이 편집자님과 문학과지성사에 감사드린다. 해설을 써주신 이지은 평론가님과 추천사를 써주신 최진영 작가님께도 깊은 감사를 전한다.

「좋아질 거예요」를 읽고 엄마는 나연이 매정하다고 말했다. 상하다 못해 부러지는 배우자를 눈앞에 두고 너무 초연하다고. 그 말을 듣고 나연을 더 다정한 사람으로 바꾸지는 않았지만, 엄마가 어떤 사람인가를 생각해보게 되었다. 엄마는 그 후에도 종종 굴러다니는 동그란 것을 볼 때면 호진의 머리를 이야기하고, 우리는 웃고 가던 길을 계속 걸어간다. 그럴 때 나는 행복하고 소설을 쓰길 잘했다고 생각한다.

가까운 사람과 이야기하고 싶어지는 소설을 쓰고 싶다.

2022년 여름

전예진

수록 작품 발표 지면

팬티 『Axt』 2019년 3/4월호

어느 날 거위가 『한국일보』 2019년 신춘문예 당선작

귀경 미발표작

숨통 『AnA』 Vol. 01

파도를 보는 일 『문학과사회』 2020년 가을호

점심 『현대문학』 2019년 4월호

우리 집에 놀러 와 『학산문학』 2021년 겨울호

좋아질 거예요 〈문장웹진〉 2019년 8월